KB113765

MAJOR LEAGUER

메이저리거

FUSION FANTASTIC STORY

강성곤 장편 소설

메이저리거 1

강성곤 장편소설

초판 1쇄 찍은 날 § 2015년 10월 30일
초판 1쇄 펴낸 날 § 2015년 11월 6일

지은이 § 강성곤
펴낸이 § 서경석

편집책임 § 김현미

펴낸곳 § 도서출판 청어람
등록번호 § 제387-1999-000006호
등록일자 § 1999. 5. 31
어람번호 § 제1-2274호

주소 § 경기도 부천시 원미구 부일로 483번길 40 서경B/D 3F (우) 14640
전화 § 032-656-4452 팩스 § 032-656-4453
http://www.chungeoram.com
E-mail § chungeorambook@daum.net

ⓒ 강성곤, 2015

ISBN 979-11-04-90491-2 04810
ISBN 979-11-04-90490-5 (세트)

MAJOR LEAGUER

메이저리거

FUSION FANTASTIC STORY

강성곤 장편 소설

1

청어람

MAJOR LEAGUER
메이저리거

목차

프롤로그

야구의 기원에는 여러 설이 있다.

북유럽의 '롱 볼'이라는 공놀이를 바이킹이 북아프리카 사막에 살던 유목 민족에게 전했고, 그들이 야구와 비슷한 공놀이를 즐겼다는 설이 있다.

또, 루마니아에서도 '오이나'라는 고유의 공놀이가 있었는데 그 모습이 야구와 비슷했다고 한다.

이 외에도 러시아와 핀란드, 아메리카 원주민까지……

심지어 3,500년 전 이집트 신전의 벽화에 야구와 비슷한 모습이 그려져 있다고 한다.

야구는 고대부터 이어져 내려온 세계에서 가장 유구한 역사를 가진 구기(Ball Sports)라고 할 수 있는 것이다.

이처럼 긴 역사를 가진 야구에는 하나의 전설이 있다.

전설에 이르길, 하늘에서 한줄기 빛기둥을 타고 한 손에는 나무로 된 방망이를, 다른 한 손에는 가죽으로 된 공을 쥔 신이 내려와 인간에게 야구라는 게임을 가르쳐 주었다고 한다.

야구는 처음에는 신들이 즐기던 게임이었다.

그들 중 야구를 너무나도 사랑했던 한 신이 야구를 즐길 새로운 방법을 찾고 싶었다. 그런데 지상을 내려다보니 사람들이 너무나도 재미없게 인생을 낭비하고 있는 것이 보였다.

신은 재미있는 생각이 떠올랐다.

지상으로 내려간 신은 사람들을 모아 놓고 야구하는 방법을 가르쳐 주었다. 그런데 그들의 모습을 보고 있자니 움직이는 모습이 너무나도 어설프고 재미가 없었다.

신은 야구를 통해 사람들이 즐거워하고 환호하는 모습을 보고 싶었다. 그래서 신은 사람들에게 야구를 잘할 수 있는 능력을 주었다.

이번에는 모든 사람들이 엄청난 실력을 소유하게 되었다.

그런데 너도나도 모두 야구를 잘하는 바람에 그건 그거대로 재미가 없었다.

신은 모든 사람이 야구를 잘한다면 재미가 없다는 것을 깨달았다.

그래서 생각했다.

자신의 신력(神力)을 야구공에 불어넣어 그 공이 선택한 이에게 야구사에 한 획을 그을 만한 능력을 터득할 수 있게 하기로 말이다.

그런 신의 판단은 아주 정확했다.

다양한 능력을 가진 사람들이 팀을 이루자 경기가 어떻게 진행될지 예상할 수 없었고 스코어가 엎치락뒤치락하는 그 모습이 신에게 즐거움을 주었다.

인간들은 지루하던 인생을 야구를 통해 즐겁게 만들었다.

이후 시간이 흐를수록 사람들이 세계 각지로 흩어지기 시작했고 야구 역시 전 세계로 퍼져 나가기 시작했다.

수백 년이 흐르자 신은 점점 야구에서 다른 것으로 관심을 돌리기 시작했다.

100년이 채 안 되는 짧은 인생을 사는 인간과 달리, 신은 무한한 생명을 가지고 있었기 때문이다.

야구를 전달해 준 신은 이내 다른 곳으로 시선을 돌리게 되었고 더 이상 인간 세상에 관심을 갖지 않게 되었다.

그러나 신이 잊어버린 것이 있었다.

바로 자신의 신력을 불어넣은 야구공의 존재였다.

야구공에 담긴 신력(神力)은 스스로 의지를 갖고 시대를 따라 세계 각지의 야구공으로 옮겨 다니며 무수한 스타를 탄생시켰다.

다만, 선수에 대한 기록이 시작된 역사는 그리 길지 않았기에 그 이름을 다 전할 수 없고 제대로 기록되기 시작했던 메이저리그의 선수들만을 언급할 수 있다.

타격의 신이라 불리던 타이 콥.

통산 511승을 기록한 메이저리그 대표 투수로 불리는 사이 영.

투수로서, 또 타자로서 엄청난 활약을 한 베브 루스.

20세기 최후의 4할 타자라 불리는 테드 윌리엄스.

메이저리그 전설의 포수 요기 베라.

메이저리그 역사상 최고의 스위치히터로 평가되는 미키 맨틀.

메이저리그 최고인 5,714개의 탈삼진을 기록한 놀란 라이언.

최고의 너클볼러라고 불린 필 니크로.

메이저리그 단일 시즌 최다 홈런 73개를 기록한 홈런왕 배리 본즈.

역사상 가장 위대한 공격형 포수인 마이크 피아자.

괴수라 불린 최강의 배드볼 히터 블라디미르 게레로.

뉴욕 양키스의 수호신이라 불린 마리아노 리베라.

안타 제조기라는 별명을 얻은 스즈키 이치로.

이들은 모두 야구사에 길이 남을 기록을 세웠는데, 모두 태초부터 이어진 신력(神力)의 영향을 받아 야구에 눈을 뜬 인물들이다.

하지만 어떤 선수도 전설이나 신력(神力)에 대해서는 일체 언급을 하지 않았기에 전설이 사실인지 허황된 이야기인지는 그들만이 알고 있을 뿐이다.

그리고 이 신력(神力)이 깃든 야구공은 아직도 세계를 여행하고 있다.

유럽을 지나 아프리카를 거쳐 태평양을 횡단해 아메리카 대륙을 거쳐 아시아를 지났다.

수많은 인물을 거쳐간 전설의 야구공이 다음으로 선택할 주인공은 과연 누구일까?

제1장

인생의 끝에서 희망을 외치다

　빛이라고는 창문을 통해 들어오는 미약한 달빛이 전부인 시각.

　눈을 찌푸리고 한참을 쳐다봐야 거우 사물이 구분이 될 정도의 짙은 어둠 속, 정적을 깨고 어디선가 미약한 신음 소리가 들려왔다.

　"으으……."

　신음의 진원지는 어두운 방 한가운데에 누워 식은땀을 흘리고 있는 한 청년이었다.

　"으아아아악!!"

　식은땀을 흘리던 청년, 민우는 악몽이라도 꾼 듯 찢어지는 듯한 비명을 내지르며 잠에서 깼다.

"허억… 허억……."

잠에서 깬 민우의 이마에선 식은땀이 물줄기를 만들며 흐르고 있었다.

몸에 걸치고 있던 티셔츠도 비라도 맞은 듯 땀에 흥건히 젖어 있었다.

잠시 동안 거친 숨을 내쉬던 민우는 무언가를 확인이라도 하려는 듯 왼팔을 위아래로 쓰다듬고는 연신 주먹을 쥐었다 펴 보았다.

"하아… 또 그 꿈이야……."

그 꿈.

민우에게는 자신의 꿈을 짓밟은 것도 모자라 가족의 행복까지 앗아간 그날의 사고.

＊　　　　＊　　　　＊

10년 전.

꿈과 희망으로 가득찬 전국 리틀 야구 대회가 진행되고 있는 한밭 경기장.

마운드 위에는 그 나이대로는 보이지 않을 정도의 덩치를 가진 투수가 타석을 향해 매서운 눈빛을 보내고 있었다.

이유인즉슨 상대 투수는 연속 안타를 맞고 주자 1, 3루의 실점 위기를 겪고 있었기 때문이다.

그리고 다음 타석은 바로 민우의 차례였다.

'왜 저렇게 죽일 듯이 노려보는 거야. 무섭게시리.'

민우는 그 눈빛에 기가 죽어 배트를 쥔 손에 저도 모르게 힘이 들어갔다.

이윽고 투수가 와인드업 자세를 취한 뒤 빠르게 공을 뿌렸다.

그런데 홈 플레이트 쪽으로 향해야 할 공이 궤적을 틀어 민우를 향해 빠른 속도로 날아오기 시작했다.

'어… 어?'

민우는 반사적으로 눈을 감으며 공을 피하려고 몸을 비틀었다.

펙!

그러나 그런 민우의 의도와는 달리 몸을 피하는 것보다 더욱 빠르게 날아온 공은 그대로 민우의 오른팔을 지나 미처 빼지 못한 왼쪽 팔꿈치를 강타했다.

"아아아아악!!"

그라운드를 가득 채우고 있던 환호성은 어느새 웅성거림으로 바뀌었고 얼마 뒤 그라운드로 들어온 구급차에 실린 민우는 곧장 병원으로 옮겨졌다.

12살 민우의 왼쪽 팔꿈치는 투수가 뿌린 강속구에 맞아 박살이 났다.

민우가 정신을 차렸을 땐 이미 수술이 끝난 상황이었다.

"더 이상 야구 선수로 사는 것은 힘듭니다. 일상생활이 가능하려면 수술을 더 받아야 하고 그마저도 확신할 수 없는 상황입니다. 죄송합니다."

민우는 자신의 귀를 파고드는 그 말에 순간 온몸이 굳어버리고 말았다.

'저게 무슨 말이지? 야구를 할 수 없다고?'

순간적인 혼란과 뒤이어 왼팔에서 느껴지는 찢어질 듯한 고통.

그리고 자신이 누워 있던 병실의 커튼 너머로 오고가던 대화.

그 모든 걸 이해함과 동시에 왼팔을 타고 느껴지던 고통이 급격히 커져 민우의 입을 지나며 비명으로 변해 버렸다.

"아아아아아악!!!"

민우는 멀쩡한 오른팔로 가슴을 부여잡고 절규했다.

육체에서 느껴지는 고통보다 꿈을 잃었다는 고통이 더 컸기에……

어린 나이에 부서진 팔꿈치는 일상생활이 가능하게 만들기까지 몇 번의 수술을 더 거쳐야 했다.

수술 후 마취가 풀리면서 밀려오는 고통에 민우의 눈엔 눈

물이 마를 날이 없었고 그런 그의 모습을 지켜보는 부모님의
얼굴도 점점 야위어갔다.

수술을 할 때마다 팔꿈치가 굳어 제대로 펴지지 않았기에
하루하루 고통스러운 재활 운동을 반복할 수밖에 없었다.

민우는 재활 운동을 할 때마다 사고를 당할 때의 기억이
떠올라 식은땀을 흘리며 중도에 포기하는 일이 잦았다.

"민우야, 조금만 힘내자. 응? 열심히 해야 다시 야구 선수
하지."

"싫어! 이런 거 해봤자 난 이제 아무것도 못 하는 병신이잖
아!"

민우의 어머니는 그런 민우를 어르고 달래길 반복했고 그
때마다 민우는 분노의 화살을 어머니에게로 돌렸다.

"너 이 자식! 엄마한테 그게 무슨 말버릇이야!"

2군 경기를 마치고 병원으로 찾아온 민우의 아버지는 그런
민우의 모습에 충격을 받은 듯 큰소리를 냈다.

민우는 아버지가 호통을 치자 깜짝 놀라 몸을 움츠리더니
닭똥 같은 눈물을 뚝뚝 흘렸다.

"여보, 괜찮으니까 화내지 마세요. 애가 얼마나 힘들면 이러
겠어요. 흑……."

"흠, 크흠!"

민우의 아버지는 민우와 아내가 눈물을 흘리는 모습에 치

솟던 화를 누르며 잠시 머뭇거리더니 민우를 향해 입을 열었다.

"민우야, 아무리 힘들더라도 네 인생에 포기라는 단어를 새기지 말아야 한다. 노력은 절대로 배신하지 않는단다. 열심히 노력하면 다시 야구 할 수 있어! 그러니까 나약한 모습 보이지 말고 조금만 더 힘내자. 알았지?"

"흑… 네. 아빠, 엄마 제가 잘못했어요."

"어휴, 불쌍한 내 새끼……."

아버지의 말에 민우가 잘못했다며 고개를 푹 숙이자 어머니는 그런 민우를 꼭 끌어안으며 눈물을 훔쳤다.

"음, 현재로서는 저희가 할 수 있는 모든 조치를 다 취했습니다. 생각보다 경과가 좋아서 가벼운 운동 정도는 무리 없이 할 수 있으리라 생각됩니다. 다만 너무 무리하면 탈이 날 수도 있으니 조심하시구요."

"아이고, 선생님. 감사합니다, 감사합니다."

의사의 말에 어머니는 연신 허리를 숙이며 감사의 말을 전했다.

"아닙니다. 이렇게 호전된 건 민우가 열심히 할 수 있도록 옆에서 잘 버텨주신 어머님의 역할이 컸습니다. 잘 하셨습니다."

"아이고, 그런 말씀 마세요. 이게 다 선생님께서 수술을 잘

해주신 덕분이죠. 정말 감사합니다, 선생님. 감사합니다."

"그럼, 앞으로 병원에서 더 이상 볼 일이 없기를 바랍니다. 고생하셨습니다."

"아이고, 그럼요. 선생님도 만수무강하시길 빌겠습니다."

드르륵!

민우의 어머니는 진료실의 문을 열고 밖으로 나올 때까지 연신 허리를 숙이며 감사의 인사를 드렸다.

3년이라는 인고의 시간을 보낸 뒤, 민우는 완치 판정을 받을 수 있었다.

하지만 민우의 앞날은 아직도 먹구름이 가득 껴 있었다.

민우의 사고로 인해 깨져 버린 건 민우의 꿈이 전부가 아니었다.

소박하지만 행복하고 단란했던 가정에도 금이 가기 시작했다.

"여보, 그게 무슨 소리예요? 그만두겠다니요?"

퇴원 후, 집에서 휴식을 취하던 민우의 귀에 어머니의 목소리가 들려왔다.

무슨 일인가 싶어 나온 민우는 안방에서 들려오는 대화에 귀를 기울였다.

"어쩔 수 없잖아! 내가 1군 선수면 몰라도 2군 연봉으로는 민우 수술비 갚기엔 턱없이 부족한 거 당신도 알잖아! 이 집도 내놨고 이제 길거리에 나앉게 생겼는데. 언제까지 내 꿈 이루자고 안 되는 걸 붙잡고 있을 순 없잖아."

집을 팔았다는 충격적인 말.

하지만 그보다 더 충격적인 것은 아버지가 선수 생활을 그만둔다는 것이었다.

"그래도 그건 당신의 꿈이었잖아요. 돈은 제가 일하면서 어떻게든 벌면 되니까 그런 소리 하지 마세요!"

어머니는 아버지가 꿈을 포기하는 모습을 볼 수 없다는 듯 소리쳤다.

"현실을 봐. 당신 혼자서 아무리 노력해도 그 빚 갚을 수 없다는 거 알잖아. 지금 이자 내기도 급급한데. 그리고 내 나이가 벌써 서른둘이야. 이제 더 이상 선수 생활에 가망이 없어."

"하지만……."

"그만, 이제 그만하자. 하루라도 빨리 우리가 살길을 찾아야지."

어머니가 무어라 더 말하려 했지만 아버지는 그 말을 끊어 버렸다.

"여보!"

"이미 구단에 그만둔다고 이야기도 다 끝냈어. 그러니까 더 이상 토 달지 마. 일자리 알아보러 갔다 올게. 민우 잘 돌보고 있어."

아버지가 나오려 하자 민우는 방으로 돌아가 문을 닫고 이

불을 덮었다.

민우의 시야가 흐려졌다.

이불 속의 얕은 어둠은 상심에 빠진 민우의 눈물을 말없이 덮어주고 있을 뿐이었다.

한 가족의 희망이었던 야구가 어느새 한 가족을 절망으로 밀어 넣어버렸다.

*   *   *

벌컥!

"민우야! 무슨 일이야!"

문이 벌컥 열리며 중년 여성의 걱정스런 목소리가 들려왔다.

"엄마… 미안해요. 저 때문에 또 놀랐죠?"

민우의 어머니는 잰걸음으로 민우의 옆에 와 앉으며 민우의 얼굴을 이리저리 쓰다듬었다.

"어휴, 이 땀 좀 봐. 무슨 땀을 이렇게 많이 흘렸어."

"그냥 악몽을 좀 꿨어요. 괜찮으니까 어서 들어가서 주무세요."

"정말 괜찮은 거니?"

"네, 정말 괜찮습니다~ 여사님! 어서 주무세요~"

민우는 걱정하는 어머니의 손을 붙잡으며 능청스럽게 말

했다.

그런 민우가 못내 걱정스럽다는 듯이 쳐다보던 민우의 어머니는 이내 문을 닫고 돌아가셨다.

"후우……."

발소리가 멀어지자, 민우는 웃는 낯을 지우고는 다시금 한숨을 푹 내쉬었다.

괜찮을리가 없지만, 새벽까지 일하고 들어오신 어머니가 걱정에 잠 한숨 못 이룰까 봐 괜찮은 척을 한 것뿐이었다.

시계는 새벽 5시를 가리키고 있었다.

잠에서 깨어버린 민우는 다시 잠들긴 어려울 것 같아 평소보다 일찍 운동복을 입고는 집을 나섰다.

간단히 조깅을 하며 집 뒷산을 올라갔다 오니 어느새 노란 태양이 떠올라 세상을 밝히고 있었다.

"다녀왔습니다."

민우가 집으로 돌아오니 어머니는 벌써 일을 가셨는지 집 안에는 정적만이 흐르고 있었다.

"벌써 일 가셨나 보네."

꼬르륵!

"으~ 배고프다!"

배에서 들려오는 우렁찬 소리와 함께 민우의 입에서는 자연스럽게 배고프다는 말이 튀어나왔다.

발걸음을 옮겨 부엌으로 들어서니 조그마한 식탁 위에 차

갑게 식은 밥과 몇 가지 반찬이 놓여 있었다.

"어머니도 참, 바쁘실 텐데. 아들 굶을까봐 꼭 이러시네."

어머니의 자식을 위하는 마음을 알아서일까. 괜스레 투덜거리던 민우는 이내 밥 한 그릇을 뚝딱 해치우고는 주머니를 뒤적거려 무언가를 꺼냈다.

한눈에 보아도 꽤나 구식으로 보이는 묵직한 폴더폰이었다. 누구나 스마트폰 하나씩은 들고 다니는 시대에 폴더폰을 사용하는 것은 꽤나 보기 드문 모습이었다.

문자 메시지 1

보기엔 이래도 멀쩡하게 잘 작동한다고 말하듯 문자 메시지 1통이 와 있었다.

"어디보자."

메시지 001

—아들. 잘 지내고 있지? 많이 추운데 옷 따뜻하게 입고 다니고. 엄마도 잘 모시고 있어라. 지금 공사 마무리 작업 중이라 조만간에 집에 돌아갈 거야. 그동안 잘 있어야 한다.

—네. 저랑 엄마는 걱정 마세요. 아빠도 안 다치게 조심하세요.

아버지의 문자에 답장을 보낸 민우는 시계를 봤다.

오전 6시 48분.

"이크! 알바 늦겠다."

민우는 재빠르게 식탁을 정리한 뒤 설거지를 하고 집을 나섰다.

딸랑!

"어서오세요."

편의점의 문을 열고 들어서자 형식적인 인사가 들려왔다.

"저 왔습니다."

"아, 오셨어요? 시간 딱 맞춰 오셨네."

"하하. 늦을까 봐 뛰어 왔어요."

간단한 대화가 오간 뒤 야간 알바가 돌아가고 편의점엔 민우 혼자만이 남겨졌다.

출근 시간에 맞춰 손님들이 오고 가길 반복했고, 민우도 빠진 물건을 채우고 시식대를 치우길 반복했다.

중간중간 손님이 없는 틈에 매장 내 컴퓨터로 인터넷을 뒤적거렸다. 그러다 보니 자연스럽게 스포츠 뉴스로 손이 가게 되었다.

(운명의 한국시리즈 마지막 혈투 7차전! SBC 생중계. 최후의 승자는?)

〈타이거즈의 '배리 본즈' 강태성. 한국시리즈 최초 7경기 연속 홈런의 기록을 세울 수 있을 것인가?〉

모든 야구 선수가 우러러 보는 영광의 자리.

민우도 어릴 적 그런 꿈을 가지고 있었다.

'나도 뛰고 싶다.'

—네! 대망의 한국시리즈 7차전도 그 마지막을 향해 가고 있는데요.

—그렇습니다. 벌써 9회 말인데요. 양 팀이 5 대 5로 팽팽히 맞선 현재 타석에는 타이거즈의 4번 타자, 강민우 선수가 들어서고 있습니다.

—네, 앞선 네 번의 타석에서 모두 범타로 물러나는 무기력한 모습을 보여줬는데요.

—이번 타석이 마지막이 될 수도 있는데요. 과연 유종의 미를 거둘 수 있을지… 긴장되는 순간입니다.

—현재 와이번스의 투수로 올라온 류병용 선수에게 시즌 중 유독 약한 모습을 보인 강민우 선수입니다. 과연 천적 류병용 선수를 이겨낼 수 있을지… 투수 와인드업!

딱!

—쳤습니다! 쭉쭉 뻗어나갑니다! 우측 담장! 담장! 넘어~ 갑니다! 홈런입니다~ 끝내기!

―이야~ 정말 대단합니다! 물병을 들고 세레머니를 준비하고 있던 선수들이 모두 뛰어나옵니다!

　어느새 민우는 상상의 나래에 빠져 끝내기 홈런을 쳤다는 희열에 몸을 떨었다.

　"저기요!"

　귀를 울리는 쩌렁쩌렁한 목소리에 민우는 멍한 표정으로 소리의 진원지를 쳐다보았다.

　정신을 차려보니 계산대 앞에 젊은 여성이 인상을 쓴 채 민우를 노려보고 있었다.

　"이보세요! 이거 계산해 달라고요!"

　"아… 죄송합니다, 손님. 3,700원입니다."

　"진짜 별꼴이야."

　"정말 죄송합니다."

　"정신을 어디다 두고 다니는 거야."

　거스름돈을 내어주며 다시금 사과하자 여성은 투덜거리며 편의점을 빠져나갔다.

　민우는 아직도 조금 전에 느꼈던 희열이 몸에 남아 있음을 느꼈다.

　'정신 차려야지. 난 이제 야구를 다신 할 수 없다고 했는데……'

　그런 생각을 하자 순간 왼팔이 찢어질 듯 아파왔다. 몸의

상처는 다 나았지만 정신적인 상처는 채 아물지 못하고 아직
까지도 민우를 괴롭히고 있었다.

*   *   *

"수고하세요."

"네, 들어가세요."

다음 타임 알바에게 인수인계를 한 뒤 편의점을 나서며 하
늘을 보니 하늘엔 구름과 함께 달이 떠 있었다.

띠링! 띠링!

메시지 001

—민국은행, 512—11—481210. 1,152,000원 입금

메시지 002

—알바비 입금했으니 확인해 봐. 수고했다. —사장

문자 수신음에 휴대폰을 꺼내 확인해 보니 알바비가 입금
되어 있었다.

115만 원.

하루 12시간, 월 24일의 아르바이트. 다른 일에 비해 힘들
지는 않지만 대학 등록금은커녕 수술비를 갚기에도 부족한
금액이었다.

"휴우······."

민우의 입에서 한숨이 절로 나왔다.

한편으론 자신이 사고 없이 야구를 계속했더라면 이렇게 힘든 나날이 지속되지는 않았으리라는 생각에 집으로 향하는 발걸음에는 힘이 없었다.

따르르릉! 따르르릉!

전화가 왔음을 격하게 알리는 휴대폰의 구식 벨소리에 민우는 주머니를 뒤적거렸다.

모르는 번호가 찍혀 있어 잠시 고민하다가 전화를 받았다.

"여보세요?"

―강민우 씨 휴대폰 맞습니까?

어딘가 급박한 듯한 목소리가 들려왔다.

"네, 맞는데 누구시죠?"

―아이고. 지금 민우 씨 아버님이 사고가 나서 병원에 실려 왔어요.

"···뭐, 뭐라고요? 사고라니 그게 무슨 말이에요."

―강민성 씨가 작업하다가 떨어지셨어요. 빨리 세연병원으로 오세요. 급합니다.

충격적인 말에 정신을 차리지 못하던 민우가 다시 되물었지만 같은 대답이 돌아왔다.

민우는 대답조차 하지 못하고 택시를 잡아 한걸음에 세연병원으로 향했다.

쾅!

급하게 열린 응급실 문이 속도를 주체하지 못하고 끝까지 열리며 벽에 부딪히고 말았다.

큰 소음이 일자 모두의 시선이 거친 숨을 쉬고 있는 민우에게로 향했다.

"아버지!"

민우의 외침에 응급실에 있던 의사와 공사 관계자로 보이는 인물이 시선을 돌렸다.

"강민우 씨 되십니까?"

민우는 그런 물음에 대답도 하지 않고는 병상으로 다가갔다.

삐—! 삐—! 삐—!

심장박동 측정기가 놓인 곳의 바로 옆, 머리에 피로 물든 붕대를 감고 산소호흡기를 쓰고 있는 사람은 분명 민우의 아버지였다.

"아, 아버지! 안 돼요! 아악!"

아버지의 상태를 확인한 민우는 주저앉으며 비명을 질렀다. 그러고는 갑자기 획 돌아서더니 매서운 눈빛으로 공사 관계자의 멱살을 잡았다.

"도대체 이게 무슨! 당신 우리 아버지한테 무슨 짓을 한 거야!"

"강민우 씨, 진정하세요! 이거 놓고 이야기합시다."

순식간에 응급실이 혼란스러워지자 간호사들이 달려들어 민우를 떼어냈다.

"이거 놔! 도대체 우리 아버지 어떻게 된 거냐고!"

"강민우 씨, 정말 죄송하게 됐습니다. 하지만 저희가 어떻게 손 쓸 틈이 없었습니다. 디디고 있던 발판이 무너지는 바람에…… 정말 죄송합니다."

"발판이 왜 무너져! 왜! 우리 아버지 어떻게 할 거야!"

공사 관계자는 진땀을 흘리며 민우에게 자초지종을 설명했지만, 민우의 분노는 쉽게 가라앉지 않았다.

"강민우 씨, 진정하세요. 강민성 씨는 지금 아주 위독한 상태입니다. 소란은 전혀 도움이 되지 않아요! 부디 진정하시고 아버지가 힘을 낼 수 있도록 도와주세요."

보다 못한 간호사 한 명이 민우를 말리며 간곡하게 이야기 했다.

"안 돼… 아버지. 안 돼요. 어흐흑……"

민우는 힘이 빠진 듯 바닥에 주저앉았다. 눈치를 보던 공사 관계자는 의사와 간호사들과 함께 조심스레 자리를 피했다.

"민우… 야……"

고개를 푹 숙이고 있던 민우의 귀에 아버지의 힘없는 목소리가 들려왔다.

"아버지? 아버지! 정신이 드세요?"

민우가 숙이고 있던 고개를 번쩍 들고는 대답했다.

"민우야, 미안하다……. 못난 애비가… 고생만 시켜서… 쿨럭!"

"아니에요! 아버지! 그런 말씀하지 마세요!"

"애비는… 내 못 이룬 꿈을 민우가… 이룰 수… 있다…고… 생각했었다……."

"네? 무슨 말씀이세요?"

정신을 차린 민우의 아버지는 민우에게 숨겨 왔던 속마음을 털어놓기 시작했다.

"내가… 못 이룬… 꿈을… 이뤄주려고… 하늘이… 널… 나에게… 선물… 해… 줬다고… 생각… 했었다."

"……."

"하지만 내 욕심이… 결국 널… 너무 힘들 게… 만들었구나……. 미안하… 쿨럭."

"아버지! 괜찮으세요? 의사 부를게요."

"민우… 야!"

탁!

아버지의 상태가 이상함을 느낀 민우가 의사를 부르려 했지만 민성이 민우의 손을 잡아 막았다.

"민우야, 이제… 네 어미한테는… 헉… 너 하나뿐이다. 그러니 네가… 헉… 네 어미를… 잘… 보살펴드려라……. 헉… 절대로… 희망을… 잃어서는… 헉… 안 된다… 명심… 해라……."

"네, 제가 열심히 할게요. 그러니까 아버지도 힘내서 얼른 일어나세요!"

툭.

삐—

민우에게 힘겹게 한마디 한마디를 쏟아내던 민성의 팔에서 힘이 빠지더니 이내 바닥으로 축 쳐졌다.

"아버지? 아버지? 아버지! 안 돼요! 간호사! 아악! 간호사!!"

＊　　　　＊　　　　＊

장례식이 끝났지만 민우의 어머니는 울다 쓰러지길 반복하더니 결국 앓아 누우셨다.

아버지 앞으로는 그 흔한 보험 하나도 가입되어 있지 않았고, 남은 건 눈덩이처럼 불어난 대출이자뿐이었다.

민우는 붉어진 눈으로 안방에 누워 계신 어머니의 곁을 지키고 있었다.

"아버지. 왜 이렇게 빨리 가셨나요. 우리는 어떻게 하라고요."

띵동!

"안에 있어요?"

밖에서 누군가 현관 벨을 누르며 부르는 소리가 들렸다.

민우는 겨우 잠드신 어머니가 혹시나 깰까 잽싸게 현관으로 달려갔다.

철컥!

끼이익!

"누구··· 아, 주인아주머니. 안녕하셨어요."

빠르게 문에 걸린 잠금장치를 풀고 현관문을 열자 문 앞에는 포동포동하게 뱃살이 툭 튀어나온 여성이 떡 하니 서 있었다.

"어, 민우여? 마침 잘됐네. 요새 통 안 보여서 걱정했구먼."

"네, 그런데 무슨 일로······?"

민우의 눈치를 보며 하나도 걱정스럽지 않은 목소리로 운을 뗀 여성은 민우가 용건을 묻자 잘됐다는 표정으로 입을 열었다.

"아, 다른 게 아니라 월세가 세 달이나 밀렸구먼. 아니 뭐, 몰래 도망가거나 하진 않을 거라고 생각은 하니 걱정이 되는 건 아니지만······. 뭐, 그냥 확인 차 한번 와본겨."

여성의 말을 들은 민우의 표정이 급격히 어두워졌다.

"아··· 그랬군요······. 죄송합니다."

민우가 사과의 뜻을 비치자 여성이 과하게 손사래를 쳤다.

"아녀~ 사과는 됐고. 밀린 월세는 언제까지 줄 수 있는가?"

"최대한 빨리 넣어드리겠습니다······. 정말 죄송합니다."

"그려. 내가 며칠 말미를 더 줄 테니까 꼭 넣어줘. 부탁혀잉?"

"네……."

철컥!

"하아……."

문을 닫고 돌아선 민우가 크게 한숨을 쉬었다.

그때 방 안에서 부스럭거리는 소리가 들려왔다.

"으음, 누가 왔니?"

그 소리에 곧장 민우가 안방으로 향하며 입을 열었다.

"어머니 깨셨어요? 더 주무시지 왜 일어나세요."

안방에 들어서니 어머니가 이부자리 위에 비스듬히 앉아
있다 민우에게로 시선을 돌렸다.

"누가 오지 않았니? 그래서 무슨 일인가 싶어서 그렇지."

"그냥 주인집 아주머니세요. 며칠 안 보여서 걱정하셨다고
하시더라고요."

민우는 안 그래도 상태가 좋지 않은데 돈 얘기로 어머니께
심려를 끼칠까 애써 말을 돌렸다.

"아이고, 그랬구나. 고마워라."

"네, 어머니. 그러니까 신경 쓰지 마시고 어서 주무세요. 요
즘 통 못 주무셨잖아요. 빨리 나으셔야죠."

"그래, 그래, 알았다. 너도 어서 방에 가서 눈 좀 붙여라."

"네, 알겠어요. 어머니 안녕히 주무세요."

민우는 어머니가 다시 이불을 덮고 눕는 모습을 확인한 뒤,
방 불을 끄고 거실로 나왔다.

끼익. 덜컹.

그리고 곧장 방으로 향해 문을 닫고는 책상 서랍을 열었다.

서랍에는 통장 하나가 들어 있었는데 민우는 곧장 통장을 꺼내 페이지를 하나씩 넘기기 시작했다.

그리고 마지막 기록이 찍힌 페이지에 적힌 금액을 확인했다.

"170만 원… 하아."

금액을 확인하고는 통장을 다시 덮어 책상 위에 올린 민우는 크게 한숨을 쉬었다.

'대출금 이자가 70만 원이니까 월세는 겨우 두 달치 낼 수 있겠네.'

이자를 내고, 월세를 모두 갚고 나면 당장 다음 달부터 생활비조차 빠듯한 상황이었다.

'일단 어머니의 회복이 최우선이야. 버틸 만큼 버텨본 다음에 말씀을 드려야 해.'

민우는 속으로 다짐을 하고는 허리띠를 더욱 졸라매리라 결심했다.

그렇게 한 달이 더 지나갔다.

민우의 어머니는 2주일 전에야 겨우 몸을 추스르고 식당 일을 나가고 계셨다.

민우는 월급이 들어오자마자 밀린 이자와 공과금을 내고

통장을 정리해 보았다.

잔액 360원

"하아, 월세는 어떡하지."

아버지가 일을 하실 때는 일주일에 한 번씩 생활비를 보내 주셨기에 그럭저럭 버텨왔지만 이제는 아니었다.

어느샌가 월세가 다시 두 달치나 밀리고 말았다.

아무리 머리를 굴려 봐도 백 원짜리 하나 나올 구멍조차 없었다.

다른 사람들처럼 친척이 있는 것도 아니었기에 손을 벌릴 곳도 없었다.

그야말로 진퇴양난의 상황이었다.

민우는 결국 어머니에게 현 상황을 알리기로 결정했다.

철컥. 쿵!

생각을 정리하고 있을 때, 현관문이 열리는 소리와 함께 인기척이 들려왔다.

"민우야, 엄마 왔다."

이에 민우가 방에서 나와 어머니의 겉옷을 받았다.

"다녀오셨어요?"

"그래, 별일 없었지?"

"…네."

어머니의 물음에 민우가 잠시 뜸을 들이다 대답을 했다.

"왜 그래? 무슨 일 있니?"

"어머니. 후우, 다른 게 아니고… 해서 어떻게 해야 할지 모르겠어요."

민우는 어머니의 물음에 뜸을 들이다 이내 모든 사정을 털어놓았다.

민우의 이야기를 모두 들은 어머니는 생각을 정리하는 듯 잠시 말을 꺼내지 못하더니 이내 결심한 듯 입을 열었다.

"그래, 일단 그럼 집부터 비워야겠구나."

"네에."

예상했던 대답이었지만 직접 귀로 들으니 힘이 빠지는 것은 어쩔 수 없었다.

그런 민우의 반응에 어머니 역시 착잡한 마음을 감출 수 없었다.

"미안하구나. 못난 어미가 맨날 고생만 시켜서."

민우는 오히려 그런 어머니의 반응에 깜짝 놀라 손사래를 쳤다.

"네? 아니에요. 어머니. 절대로 안 그래요. 그런 말씀 마세요."

"아니다, 다 내가 못나서 그런 거야. 엄마가 더 노력할 테니까 조금만 더 힘내자. 알았지?"

"아니에요. 제가 더 열심히 할게요."

"그래, 고맙고 미안하다. 민우야."

어머니는 그런 민우의 모습이 내심 기특했고 또 미안한 마음이 들었다.

＊　　　＊　　　＊

"민우야 방에 있는 물건 다 챙겼니?"

"네, 이제 창고에 있는 물건만 챙기면 돼요."

안방에서 어머니의 목소리가 들리자 민우가 힘껏 대답했다.

집 안에는 테이프가 감긴 박스가 이곳저곳에 놓여 있었다.

찌이익!

"끙차."

민우는 자신의 방에서 박스에 테이프를 붙여 봉한 뒤, 기합 소리를 내며 박스를 들고 거실로 나왔다.

툭!

"후우."

그리고 박스를 거실 한가운데에 내려놓은 뒤, 베란다에 붙어 있는 창고로 향했다.

덜컥, 끼이익!

오랫동안 열지 않은 듯, 문고리를 잡아 돌리자 문에 달린 경첩이 비명을 질러댔다.

"아……."

문을 열고 창고 안을 바라본 민우는 잠시 멈칫하며 나지막한 신음 소리를 내뱉었다.

창고 안에는 아버지가 생전 선수 생활을 할 때 사용했던 장구들이 창고의 한 자리씩을 차지하고 있었다.

'아버지……'

이제 마음이 진정됐다고 생각했지만 창고에 있는 아버지의 유품을 보니 다시금 눈에 눈물이 고이려고 하고 있었다.

'아, 이럴 때가 아니지. 어머니께서 보시면 다시 쓰러지실 지도 몰라. 얼른 치우자.'

민우는 눈을 비비며 살짝 고인 눈물을 훔쳐내곤 창고의 물건을 하나씩 박스에 담기 시작했다.

반짝!

"응?"

열심히 창고의 물건을 꺼내 정리하고 마지막으로 남은 물건이 있나 확인하던 민우의 눈에 순간적으로 무언가 반짝이는 것이 보였다.

하지만 민우가 창고 안을 다시 들여다보았을 때는 반짝거리는 것이 전혀 보이지 않았다.

"뭐였지?"

민우는 조금 전에 보았던 빛에 대한 궁금증에 창고 안을 더욱 유심히 바라봤다.

그러자 창고의 선반 밑 구석에 무언가 조그마한 상자 같은 것이 보였다.

고개를 집어넣어 자세히 바라보니 다른 물건들과는 달리 꽤나 오래된 듯 세월의 흐름이 느껴지는 보관함 하나가 민우의 눈에 잡혔다.

"저건 뭐지?"

민우는 보관함을 발견하자 무언가 이끌림을 느꼈다.

그리고 자신도 모르게 손을 뻗어 보관함을 꺼냈다.

밝은 곳에서 보니 보관함은 오랜 세월이 지난 듯 이곳저곳이 부식되어 있었고 먼지가 가득 쌓여 있었다. 보관함에 걸려 있는 자물쇠는 툭 치면 떨어질 듯 보였다.

후욱!

"윽, 콜록콜록."

민우가 숨을 크게 들이쉬고 보관함을 불자 먼지가 사방으로 비산했다. 그리고 그 먼지를 다시 들이마신 민우가 몇 번의 거친 기침을 내뱉었다.

파삭!

우연인지 민우가 기침을 내뱉으며 보관함을 쥔 손에 힘을 주자 무언가 부서지는 소리와 함께 자물쇠가 끊어지며 툭 하고 바닥으로 떨어져 내렸다.

"어라?"

잠시 어리둥절해하던 민우는 자물쇠가 떨어진 것을 확인했다. 그리고 이내 조심스레 그 뚜껑을 열어보았다.

보관함 안에 들어 있는 것은 가죽 재질의 둥그런 물체였는데, 매끈하게 다듬어진 표면이 진한 갈색을 띤 모습이었다. 언뜻 봐도 아주 오래된 물건인 듯했다.

"야구공… 처럼 생겼네?"

공은 마치 사람의 손에 딱 알맞은 크기로 한 손에 꽉 잡힐 듯 보였다.

민우는 궁금함에 공에 손을 뻗어 한 손에 쥐어 보았다.

순간!

화악! 하고 야구공에서 새어 나온 빛이 민우의 몸을 감싸기 시작했다.

'이게 무슨 일이지?'

깜짝 놀란 민우가 몸을 움직이려 했으나 움직여지지 않았다.

민우의 몸을 감싸던 빛이 점점 흐려지며 손에 쥐고 있던 공의 모습이 조금씩 사라지기 시작했다.

이내 민우의 손에서 공이 완전히 사라짐과 동시에 민우를 감싸고 있던 빛 또한 허상이었다는 듯 사그라졌다.

잠시 뒤, 흐릿해졌던 민우의 시야가 선명해지며 몸의 감각이 돌아오기 시작했다.

"이게… 뭐야?"

선명해진 민우의 시야에 보이는 것은 마치 게임에서나 볼 법한 메뉴들이었다.

민우는 홀로그램처럼 둥둥 떠 있는 다양한 기호와 수치들에 순간 어지러움을 느꼈다.

"내 눈이 어떻게 된 건가?"

민우는 비현실적인 광경에 자신이 피곤해서 헛것이 보이는 게 아닌가 하는 생각을 했다. 정신을 차리려는 듯 머리를 좌우로 흔들고 눈을 비볐다. 하지만 눈앞에 둥둥 떠다니는 것들은 그런 민우의 몸짓이 헛된 일이었다는 듯 그대로 있을 뿐이었다.

"갑자기 이게 무슨 일이지?"

당황스러움에 중얼거린 민우는 눈앞에 떠다니는 것들이 무엇인지 하나하나 살펴보기 시작했다.

집중해서 보니 눈앞을 어지럽게 수놓고 있는 것이 다양한 메뉴들이라는 것을 알 수 있었다.

그중 좌측 상단에는 '타자(Batter)'라는 선명한 문구가 쓰여 있었다.

"타자? 내가 생각하는 그 타자?"

민우는 의문스럽다는 듯이 말했다.

타자라고 쓰여 진 글자의 아래로 시선을 내려 보니 그곳에는 5가지 모양의 기호가 그려져 있었다. 기호의 옆에는 각각 숫자가 쓰여 있었는데 그 수치가 제각각이었다.

"이건 주먹? 이건 눈? 이건 발이고, 이건 공? 글러브도 있네."

민우는 제각기 다른 모양을 한 기호를 하나하나 확인했다. 그러나 이게 무슨 의미인지는 알 수 없기에 궁금함이 생겼다.

'이게 도대체 무슨 의미지? 주먹을 쥐고 있으니까 힘인가?'

민우가 생각하는 순간.

팟! 하며 주먹이 확대되어 민우의 시야 가운데로 날아왔다.

"으악!"

깜짝 놀란 민우가 눈을 질끈 감으며 소리를 질렀다. 그러나 대비했던 충격이 오지 않자 민우는 살짝 눈을 뜨더니 다시금 깜짝 놀라고 말았다.

'파… 워?'

민우의 눈앞에는 조금 전 주먹이 확대되어 날아온 모습이 그대로 있었다. 눈앞에 떠있는 주먹은 마치 살아 있는 듯 보였는데 힘이 넘치는 듯 불끈거리고 있었다.

정신을 차리고 보니 조금 전에는 놀라서 보지 못했던 설명이 눈에 들어왔다.

[파워]

―노말(Normal), [22/100].

―파워는 타자의 장타력과 배트 스피드에 영향을 주는 수치입니다.

―힘이 1 상승할 때마다 타석에서 홈런을 칠 확률이 0.2% 상승합니다.(현재 +4.4%)

―힘이 1 상승할 때마다 타석에서 안타를 칠 확률이 0.4% 상승합니다.(현재 +8.8%)

―다양한 웨이트 트레이닝을 통해 일정량의 경험치를 얻을

수 있습니다. 웨이트 트레이닝을 통해 파워 수치를 일정량까지
향상시킬 수 있습니다.(최대 50)

　─경기를 통해 안타, 홈런을 칠 때, 일정량의 경험치를 얻을
수 있습니다. 경기를 통해 파워 수치를 최대치까지 향상시킬
수 있습니다.(최대 100)

　─아주 특수한 경험을 통해 많은 경험치를 얻을 수 있습니
다.(제한 없음)

　'우와……'

　설명을 끝까지 읽은 민우의 입이 쩍 벌어지고 말았다.

　'이건… 완전 게임이잖아?'

　잠시 놀란 가슴을 진정시키던 민우는 이윽고 다른 기호에
도 궁금증이 생겼다.

　'주먹이 힘이면, 눈은 뭐지?'

　그 생각을 하는 순간, 주먹이 스르륵 하고 작아져 제자리로
돌아가더니 눈이 커지며 쑥 하고 다가왔다.

　'으악!!'

　이미 한 번 당해본 경험이지만 익숙하지 않아서인지 민우
의 몸이 또다시 움찔하고 놀라고 말았다. 주먹과는 달리 눈은
커진 상태에서 계속 깜빡거리고 있었는데 그 모양이 조금 징
그러운 감이 있었다.

　'윽… 이건 좀 징그럽잖아. 멈출 순 없나?'

민우가 징그럽다고 생각함과 동시에 깜빡거리던 눈이 알았다는 듯이 그 행동을 멈췄다.

'어? 멈췄네? 이게 그나마 낫긴 하네.'

그나마 다행이라고 생각한 민우가 눈 아래로 쓰여 있는 설명으로 시선을 돌렸다.

[정확]

—노말(Normal), [29/100].

—정확은 타자의 동체 시력(선구안), 타격 범위에 영향을 주는 수치입니다.

—정확이 1 상승할 때마다 동체 시력이 0.2% 상승합니다.(현재 +5.9%)

—정확이 1 상승할 때마다 타석에서 홈런을 칠 확률이 0.1% 상승합니다.(현재 +2.9%)

—정확이 1 상승할 때마다 타석에서 안타를 칠 확률이 0.3% 상승합니다.(현재 +8.7%)

—다양한 웨이트 트레이닝과 타격 훈련을 통해 일정량의 경험치를 얻을 수 있습니다. 웨이트 트레이닝과 타격 훈련을 통해 정확 수치를 일정량까지 향상시킬 수 있습니다.(최대 50)

—경기를 통해 안타, 홈런을 칠수록 일정량의 경험치를 얻을 수 있습니다. 경기를 통해 정확 수치를 최대치까지 향상시킬 수 있습니다.(최대 100)

─아주 특수한 경험을 통해 많은 경험치를 얻을 수 있습니다.(제한 없음)

'눈은 정확도였구나!'

새로운 사실을 아는 것은 언제나 놀라움이 따르게 마련이다. 민우는 어느새 가슴 한편에서 무언가 꿈틀거리는 것을 느끼기 시작했다.

[주력]
─노말(Normal), [33/100].
─주력은 주자의 주루 속도와 수비 범위에 영향을 주는 수치입니다.
─주력이 1 상승할 때마다 주루(도루) 성공 확률이 0.3% 상승합니다.(현재 +9.9%)
─주력이 1 상승할 때마다 호수비 확률이 0.1% 상승합니다.(현재 +3.3%)
─다양한 웨이트 트레이닝과 러닝 훈련을 통해 일정량의 경험치를 얻을 수 있습니다. 웨이트 트레이닝과 러닝 훈련을 통해 주력 수치를 일정량까지 향상시킬 수 있습니다.(최대 50)
─경기를 통해 주루(도루), 수비에 성공할수록 일정량의 경험치를 얻을 수 있습니다. 경기를 통해 주력 수치를 최대치까지 향상시킬 수 있습니다.(최대 100)

―아주 특수한 경험을 통해 많은 경험치를 얻을 수 있습니다.(제한 없음)

　[송구]

　―노말(Normal), [30/100].

　―송구는 수비 시 송구 속도와 정확도에 영향을 주는 수치입니다.

　―송구가 1 상승할 때마다 송구 속도가 0.2% 상승합니다.(현재 +6.0%)

　―송구가 1 상승할 때마다 송구 정확도가 0.1% 상승합니다.(현재 +3.0%)

　―다양한 웨이트 트레이닝과 송구 연습을 통해 일정량의 경험치를 얻을 수 있습니다. 웨이트 트레이닝과 송구 연습을 통해 송구 수치를 일정량까지 향상시킬 수 있습니다.(최대 50)

　―경기를 통해 송구를 할수록 일정량의 경험치를 얻을 수 있습니다. 경기를 통해 송구 수치를 최대치까지 향상시킬 수 있습니다.(최대 100)

　―아주 특수한 경험을 통해 많은 경험치를 얻을 수 있습니다.(제한 없음)

　[수비]

　―노말(Normal), [29/100].

─수비는 수비 시 반응 속도와 수비 범위, 호수비 확률에 영향을 주는 수치입니다.

─수비가 1 상승할 때마다 반응 속도가 0.1% 상승합니다.(현재 +2.9%)

─수비가 1 상승할 때마다 수비 범위가 0.2% 상승합니다.(현재 +5.8%)

─수비가 1 상승할 때마다 호수비 확률이 0.3% 상승합니다.(현재 +8.7%)

─다양한 웨이트 트레이닝과 수비 연습을 통해 일정량의 경험치를 얻을 수 있습니다. 웨이트 트레이닝과 수비 연습을 통해 수비 수치를 일정량까지 상승시킬 수 있습니다.(최대 50)

─경기를 통해 수비를 할수록 일정량의 경험치를 얻을 수 있습니다. 경기를 통해 수비 수치를 최대치까지 향상시킬 수 있습니다.(최대 100)

─아주 특수한 경험을 통해 많은 경험치를 얻을 수 있습니다.(제한 없음)

'대단해……'

민우는 자신의 눈앞에 펼쳐진 믿을 수 없는 광경에 놀라 그저 입을 벌리고 있었다.

눈앞에 펼쳐진 것들은 일반적인 상식으로는 현실에서 도저히 일어날 수 없는 일이었다.

민우는 자신이 마치 야구 게임의 플레이어가 된 느낌을 받았다.

각각의 능력이 자신의 역할을 가지고 분리되어 있었고, 각 능력에 따라 타격이나 수비, 송구에 영향을 준다.

이렇게 구분이 되어 보이는 것은 게임에서나 볼 법한 모습이었다.

도대체 자신에게 무슨 일이 일어난 것인가?

지금 이렇게 눈앞에 떠다니는 것들은 마치 민우에게 너는 야구를 위해 태어난 운명이라고, 네가 가야 할 길은 오로지 야구뿐이라고 말하는 듯 보였다.

그날의 사고 이후로 가정은 풍비박산이 나고 민우도, 아버지도 야구를 그만두고 말았다. 그 뒤로는 야구라는 건 그저 꿈이었을 뿐이었는데…….

그런 생각이 들자 민우는 다시금 돌아가신 아버지를 생각했다.

'아버지… 희망을 잃지 말아야 한다는 게 이런 뜻이었나요?'

하늘이 무너져도 솟아날 구멍은 있다고 했던가.

민우는 아버지의 물품과 함께 놓여 있던 보관함이 마치 아버지가 자신을 위해 준비한 마지막 선물인 것 같은 느낌을 받았다.

그렇게 생각하니 민우의 눈에선 자신도 모르게 닭똥 같은 눈물이 흘러내렸다.

"민우야, 다 챙겼니?"

그 순간, 방에서 어머니의 목소리가 들려왔다.

"네… 네. 거의 다 챙겼어요."

민우는 얼른 눈물을 훔치고는 박스를 테이프로 봉인했다.

그리곤 잽싸게 거실에 박스를 가져다 놓고는 웃는 낯으로 안방으로 향했다.

"어머니, 안방 짐은 다 챙기셨어요?"

"그래. 거의 다 챙겼으니까 가서 조금 쉬고 있으렴."

어머니는 민우의 물음에도 몸을 멈추지 않고 계속 짐을 챙기고 있었다.

"네, 어머니. 저 그럼 잠깐만 바람 좀 쐬고 올게요."

"그래. 집안에 먼지도 많은데 건강 해치겠다. 다녀오거라."

"네, 어머니. 금방 돌아올게요."

'무슨 일이 일어난 건지는 모르겠지만, 어쩌면 이건 나에게 천재일우의 기회가 될 수도 있다. 일단 테스트를 해봐야 해. 이게 정말 나에게 희망의 동아줄이 될지, 썩은 동아줄인지.'

방문을 닫고 잠시 서 있던 민우는 잠시 생각을 정리하고는 집을 나섰다.

제2장

야구인생 제2막

깡! 깡!

번화가의 어느 야구 배팅장 앞.

주말의 늦은 시간이라 배팅장 근처에는 사람들이 넘쳐났다. 배팅장 안에도 이미 사람들로 가득 차서 각자 자신만의 스윙으로 공을 치고 있었다.

어떤 남성은 공을 치는 족족 쭉쭉 뻗어나갔고, 어떤 남성은 공을 맞추기에만 급급했다.

민우는 자신의 차례가 돌아오기를 기다리며 그들 중 가장 왼쪽 배팅케이지에서 공을 쳐 내는 건장한 남성을 주목했다.

그가 치는 공은 쳐 내는 족족 멋진 궤적을 그리며 '홈런 존'

이라고 표시된 그물망을 때리고 있었다.

　민우가 그의 스윙이 괜찮다고 생각하며 그에게 집중하는 순간.

　[덩치가 큰 20대 남성]
　―파워[N, 28(97%)/100], 정확[N, 27(43%)/100], 주력[N, 23(63%)/100], 송구[N, 27(27%)/100], 수비[N, 24(36%)/100].
　―종합 [N, 129/500]

　'헉!'

　민우는 또 놀라고 말았다. 자라 보고 놀란 가슴 솥뚜껑 보고 놀란다는 말이 새삼스레 와 닿았다. 상대방의 능력치까지 보이다니!

　아무래도 오늘 느낀 놀라움은 민우가 1년 동안 놀랄 만한 일들이 한꺼번에 몰려오는 느낌이었다.

　'잠깐만, 내 능력치가 몇이었지?'

　놀란 가슴을 추스른 민우는 자신의 능력치를 확인해 보았다.

　[강민우, 22세]
　―파워[N, 22(30%)/100], 정확[N, 29(40%)/100], 주력[N, 33(16%)/100], 송구[N, 30(65%)/100], 수비[N, 29(30%)/100].

'음… 내 능력치는 이렇구나.'

처음 눈부신 빛과 함께 눈앞에 여러 기호와 수치들이 돌아다닐 때는 정신이 없어 미처 확인하지 못했다. 이제야 자신의 능력치를 본 민우는 배팅케이지의 남성과 자신의 능력을 비교해 보기 시작했다.

'저 남자는 파워가 있지만, 나머지 능력치는 나보다 못하네. 그래도 어릴 적에 야구를 했던 게 아직 남아 있는 건가?'

민우는 내심 자신이 저 남자보다 능력치가 높은 것에 어깨가 으쓱하는 기분을 느꼈다.

철컹!

오른쪽 철문이 열리는 소리가 들리자 민우는 시선을 돌렸다.

민우가 주목하던 남성이 있던 바로 옆 배팅케이지에서 삐쩍 마른 남성이 빠져나왔다.

"에이~ 오늘은 영 아니다. 가자!"

"구라치지 마, 새꺄~ 너 원래도 그랬어~"

"야, 됐고! 치킨이나 뜯으러 가자."

날아오는 공마다 헛스윙을 하던 남자가 배팅케이지를 빠져나오며 친구들에게 주절거렸다. 그의 일행으로 보이는 무리는 그런 남자를 갈구며 이내 다른 곳으로 사라졌다.

드디어 배팅케이지가 비기만을 기다리고 있던 민우의 차례가 왔다.

철컹.

드디어 배팅케이지에 민우가 들어섰다.

'한 판에 1,000원? 너무 비싸잖아!'

배팅케이지에 들어선 뒤에야 가격을 보고는 잠시 투덜거린 민우였다.

'배트 잡아보는 게 10년만인데……. 어디 한번 내 실력이 어느 정도인지 확인해 볼까?'

500원 짜리 주화 두 개를 넣자 띠리링! 하는 소리와 함께 기계가 돌아가는 소리가 들렸다.

그와 동시에.

띠링!

[돌발 퀘스트 발동—안타 제조기]

—배팅볼 60개를 타격하여 안타성 타구를 30개 이상 성공시키세요.

—성공 시 영구적으로 파워 +1, 정확 +1. 20포인트 지급.

—실패 시 일주일 간 파워 −5, 정확 −5. 하루 동안 근육통 발생.

—본 퀘스트는 단 한 번만 발생합니다.

'뭐?'

민우의 머리를 울리는 무미건조한 목소리와 함께 퀘스트가 발동되었다.

민우의 시야 우측 상단에는 '체력 [100/100]'이라는 글씨 밑에 'Q. 안타 0/30, 남은 공 60/60'이라는 글씨가 노란빛을 내뿜고 있었다.

'돌발… 퀘스트라고?'

퀘스트라는 생소한 단어에 민우의 몸이 굳었다. 민우는 순간 어릴 적에 아주 잠깐 했었던 바람의 나라라는 게임이 생각났다.

퀘스트라 하면 수염 난 할아버지가 마법을 배우고 싶으면 도토리 10개를 구해오라던가 하는 식이었다.

'이게 게임도 아니고 무슨 퀘스트야!'

푸숙! 팡!

'으악! 깜짝이야.'

순식간이었다. 민우가 잠시 다른 생각을 한 그 찰나의 순간에 야구공이 민우를 스쳐 그물망에 걸린 고무판을 때렸다.

'아차! 나 지금 돈 넣었잖아!'

민우가 퀘스트라는 단어에 잠시 정신을 놓은 사이 기계는 작동 준비를 끝내고 공을 배팅케이지로 날려 보내기 시작한 것이다.

그와 동시에 민우의 시야에 존재하던 수치에 변화가 생겼다.

'Q. 안타 0/30, 남은 공 59/60'

민우는 허무하게 공 하나를 놓쳐 버린 상황이었다.

'으… 어떻게 된 건지는 모르겠지만 일단 해보자.'

찰나의 순간이었지만 고민을 고이 접어 뒤로 던져 버렸다. 그리고 알루미늄 배트를 다잡았다.

'와라!'

푸슉!

휘잉!

민우의 생각을 듣기라도 한 듯 피칭 머신에서 야구공이 발사됐고 민우는 배트를 쥔 손에 힘을 가득 담아 배트를 휘둘렀다.

그러나.

팡!

들려온 소리는 알루미늄 배트가 공과 만났을 때 들려오는 청아한 소리가 아니었다. 민우를 스쳐 고무판에 부딪히는 둔탁한 소리였다.

'헉!'

그와 동시에 민우는 자신이 배트를 휘두른 힘에 못 이겨 몸을 크게 휘청거렸다.

아주 잠시간, 배팅케이지 안에는 굳어버린 민우와 피칭 머신이 내뿜는 기계음만이 배팅케이지를 가득 채웠다.

'겁나 빠르잖아!'

그런 생각을 하며 다시금 공이 발사된 피칭 머신이 있는 방향으로 시선을 돌렸다. 그러자 투수의 손이 있어야 할 위치에 난 구멍이 보였다. 그리고 그 위쪽에 쓰여 있는 글자가 눈에 들어왔다.

[핵 직 구]

'핵직구면… 겁나게 빠르다는 말… 이겠지?'

민우는 이내 배트를 다잡고 다시금 타격 자세를 잡았다.

그와 동시에 피칭 머신에서 야구공이 발사됐다.

푸슉!

휘잉!

민우는 공의 궤적을 확인하며 다시 한 번 집중해서 휘둘렀다.

틱! 팡!

이번에는 민우가 힘차게 휘두른 알루미늄 배트에 공이 살짝 닿았다. 하지만 민우의 기대와는 다르게 이번에도 배트에 스치긴 했지만 빗나갔고 공은 아주 살짝 궤적을 틀어 고무판에 부딪혔다.

그렇게 세 번, 네 번, 다섯 번, 여섯 번……

민우의 기대와는 다르게 민우의 스윙은 계속해서 빗나갔다. 민우가 휘두르는 알루미늄 배트와 피칭 머신이 발사하는 야구공은 마치 같은 극을 가진 자석을 달고 있는 것이 아닌가 하는 착각마저 들 정도로 서로가 만나는 것을 거부하고 있었다.

'뭐야? 왜 안 맞는 거야?'

민우는 처음 배팅케이지에 들어섰을 때의 자신감이 점점 사라지는 것을 느꼈다. 그리고 그 자리엔 불안감이 스멀스멀 자라나고 있었다.

'설마 어릴 적에 다쳤던 것 때문인가?'

잠시나마 잊고 있었던 그날의 기억이 떠올랐다. 그와 동시에 민우는 어릴 적에 다쳤던 왼팔이 저릿함을 느꼈다.

한 번 자라난 불안감은 줄어들지 않고 계속해서 증식하며 민우의 자신감을 갉아먹었다.

민우의 팔도 조금씩 떨리기 생기기 시작했고, 어깨는 딱딱하게 움츠러들었다. 배트를 꽉 쥐고 있던 손의 힘이 풀리는 듯했다. 마치 피칭 머신에서 날아오는 공의 궤적이 꺾여 자신의 왼팔을 다시 한 번 부숴 버릴 것 같은 느낌마저 들었다.

공포에 잠식된 민우의 자세는 소극적으로 변했고 무기력한 스윙이 계속되었다.

그렇게 총 12개의 야구공이 날아왔고 스쳐 지나갔다.

민우는 그중 단 하나의 공도 안타로 만들지 못했다.

'Q. 안타 0/30, 남은 공 48/60'

"허억, 허억."

민우는 100미터를 전력 질주라도 한 것처럼 거친 숨을 들이쉬고 내뱉기를 반복했다. 민우가 서 있는 배팅케이지의 피칭 머신에서 흘러나오던 기계음이 멈췄고 더 이상 공이 날아오지 않았다.

민우는 작금의 이 상황이 좀처럼 이해가 되지 않았다. 얼마 전까지만 해도 한국시리즈 7차전 끝내기 홈런의 주인공이 되는 상상을 하며 희열을 느꼈던 자신이다.

그런데 지금은 겨우 피칭 머신에서 날아오는 야구공이 무섭다는 생각이 들다니… 그 야구공은 심지어 경식구가 아니라 물렁한 연식구인데도 말이다.

깡! 깡!

민우가 혼자만의 고민에 빠져 허우적대고 있을 때, 바로 옆 케이지에서 알루미늄 배트를 울리는 청아한 소리가 민우의 귀에 들려왔다.

민우는 자신도 모르게 그 소리를 따라 시선을 돌렸다.

그 소리의 주인은 민우가 맨 처음 배팅케이지에 들어서기 전에 보았던 덩치가 큰 남자였다. 남자는 민우가 허우적대고 있던 와중에도 배팅을 계속하고 있었고, 아직도 지친 기색 없이 처음 그 모습 그대로 호쾌한 스윙을 이어나가고 있었다.

'저 남자는 어떻게 지치지도 않고 저렇게 잘 치는 거지?'

남자를 보는 민우의 뇌리에는 알 수 없는 의문이 생겨났다.

'나한테 없는 게 저 남자한테는 있다는 건가? 그게 뭐지?'

깡! 깡!

민우는 거칠 것이 없다는 듯 깔끔한 스윙을 보이고 있는 남자를 계속 주시했다.

'힘? 아니야. 힘이 아무리 세더라도 정확함이 없으면 절대로 공을 맞출 수 없을 텐데. 정확 수치는 내가 저 남자보다 더 높아.'

깡!

분명 능력치 중 파워 수치는 민우보다 남자가 더 높았지만 정확 수치는 오히려 민우가 2가 더 높은 것이 사실이었다.

깡!

'도대체 뭐지? 생각하자. 생각을 해보자 민우야.'

깡!

원인을 찾기 위해 민우는 계속해서 남자의 스윙을 주시했다.

'공을 맞히는데 필요한 건 정확함. 잠깐, 정확? 정확한 스윙?'

갑작스럽게 민우의 뇌리에 스치는 기억이 있었다.

휘잉!

10살쯤 되어 보이는 꼬마가 자신의 키보다 조금 짧은 알루미늄 배트를 힘차게 휘둘렀다. 그러나 야속하게도 공은 휘둘러진 배트와 한참의 거리를 두고 유유히 뒤로 날아갔다.

투둥!

"우쒸! 아빠! 난 왜 하나도 못 맞히는 거야?"

꼬마는 심통이 났는지 들고 있던 알루미늄 배트를 바닥에 던져 버렸다.

"하하하! 우리 민우가 맘대로 안 되니까 화났구나?"

"치, 애들이랑 야구할 때 난 잘 못해서 맨날 깍두기란 말이야."

꼬마의 이름은 민우였다. 민우에게 다가온 민우의 아버지는 심통이 난 민우가 귀엽다는 듯이 웃었다.

"왜 공을 못 맞히는지 궁금해? 아빠가 왜 그런지 알려줄까?"

그리고 무언가 대단한 비법이라도 있는 듯 진중한 표정을 지으며 민우에게 물었다.

"응! 아빠! 왜 그런지 알려줘! 나도 공 잘치고 싶단 말이야!"

"하하하! 그럼 아빠가 알려줄 테니까 잊어버리면 안 된다!"

"응!"

민우가 그런 아버지의 물음에 힘차게 대답했다. 그런 민우를 보던 아버지는 흐뭇한 표정으로 민우의 뒤에 서서 자세를 하나씩 잡아주기 시작했다.

"우리 민우는 왼손잡이지?"

"응!"

"그럼 무릎을 살짝 굽히고 다리는 어깨 넓이로 벌려봐. 그렇지. 그 다음 배트를 휘두르기 전에 배트의 머리 부분이 오른쪽 귀 옆에 오도록 하고, 옳지!"

"맞아?"

"그래. 그 다음은 아빠처럼 어깨를 닫고 턱을 당겨서 투수를 정면으로 바라보는 거야. 그리고 앞발을 살짝 당겼다가 내디디면서 배트를 휘두르는 거야."

"아빠. 너무 어려워!"

아버지의 장황한 설명에 민우는 머리가 아픈 듯 인상을 찡그리며 아빠에게 투정을 부렸다.

"하하하. 그래도 민우가 나중에 다 배워야 할 것들이야. 모든 일에서 제일 중요한 건 기본기라는 걸 잊으면 안 된단다. 조금만 참고 아빠가 하는 거 잘 봐봐. 배트를 휘두를 때는 손잡이로 찍는다는 느낌으로 이렇게! 왼쪽 팔꿈치를 몸에 붙이고 축이 무너지지 않게 허리를 돌리면서 어깨가 자연스럽게 돌아가도록 이렇게!"

"으아아악!! 무슨 말인지 하나도 모르겠어!"

인상을 찌푸리며 아버지가 말하는 것을 듣고 있던 민우는 답답한 마음에 소리를 지르며 아버지에게 짜증을 부렸다.

"민우야! 아빠가 하라는 대로만 하면 친구들 코를 납작하게 해줄 수 있다니까? 자, 그리고 공이 날아와서 내가 때리는 위치에

오기 전까지는 어깨에 힘을 주면 안 돼! 공이 온다고 몸이 쫓아가서도 안 되고! 내가 공을 칠 공간을 정해놓고 공을 끝까지 주시하다가 공을 때리는 순간에 힘을 집중시키면 된단다! 어때? 참 쉽지?"

"헐······."

민우는 짜증이 나다 못해 어이없는 표정을 지으며 아버지를 쳐다봤다.

민우의 아버지는 그런 민우의 시선에도 아랑곳하지 않고 민우에게 다가와 직접 자세를 교정해 줬다.

민우는 처음 잡아보는 어색한 자세에 불편함을 느꼈다. 하지만 공을 제대로 칠 수 있을 거라는 아버지의 말을 믿고 버티고 서 있었다.

민우의 자세가 괜찮아지자 민우의 아버지는 만족스런 웃음을 지었다. 그리고 재빠르게 몇 걸음 떨어져 와인드업 자세를 취했다.

"자~ 민우야! 던진다!"

"응! 빨리 던져 힘들어!"

민우가 보채는 소리를 하며 배트를 다잡았다.

이윽고 아버지의 손을 떠난 공이 포물선을 그리며 날아왔다.

공을 끝까지 보고 있던 민우의 근처에 공이 도달했을 때.

깡!

배트와 공이 만났을 때 나는 청아한 소리와 함께 공이 멀리 날아갔다.

"우와아!"

"하하! 잘했어 민우야! 그렇게 하는 거야!"

깡! 깡!

민우의 기억 저편에 묻혀 있던 아버지와 야구 연습을 했었던 일, 바로 옆 배팅케이지에서 힘차게 공을 쳐 내고 있는 사내의 타격 자세는 아버지가 말해주었던 자세와 매우 닮아 있었다.

'그래. 난 가장 중요한 걸 잊고 있었어.'

민우는 마지막 남은 퍼즐의 한 조각을 맞춘 듯 머릿속이 뻥 뚫리는 기분을 느꼈다.

그날의 사고 이후 야구판을 영원히 떠나야 하는 운명이었다.

야구를 잊고 학업에 정진하고 아르바이트를 하며 하나둘 나이를 먹어갔다. 그러는 사이 점점 기억 저편으로 밀려나 버린 것들.

공을 맞추기 위해 가장 중요한 것은 올바른 타격 자세라는 것을 십여 년 전의 기억에서 찾아낸 것이다.

그와 동시에 자신을 감싸고 있던 공에 대한 두려움과 그로 인한 몸의 떨림 또한 잦아들었다. 움츠러들었던 어깨가 다시 자연스럽게 펴졌다.

'저 남자에게 진심으로 감사해야겠군.'

민우는 여전히 옆 배팅케이지에서 열심히 타구를 날려 보내고 있는 남자에게 속으로 감사의 뜻을 전했다. 그리고 주머니에서 500원 주화 8개를 꺼냈다.

'앞으로 남은 공은 48개. 그 안에 안타 30개를 때려내야 한다.'

민우는 동전 투입구에 500원 주화 2개를 집어넣고는 알루미늄 배트를 집었다.

우웅!

배팅 머신이 작동을 준비하는 기계음이 들려왔다.

민우는 아버지가 가르쳐 주신 점들을 되새기며 천천히 자세를 잡고 배팅 머신으로 시선을 돌렸다.

그리고 그린 라이트가 들어왔다.

푸슝!

피칭 머신에서 발사된 야구공이 민우를 향해 날아오기 시작했다. 아까는 빠르고 무섭게만 느껴지던 야구공이 지금의 민우에게는 너무나도 크고 느리게 보였다.

시간이 느리게 흘러가는 듯한 느낌과 함께.

까앙!!

민우의 손에서 힘차게 휘둘러진 배트 헤드에 야구공이 달라붙으며 일그러졌다. 그러고는 다시 제 모양을 갖추며 방향을 바꾸어 힘차게 날아올랐다.

'Q. 안타 1/30, 남은 공 47/60'

깡! 깡! 깡!

배팅케이지에서 일정한 간격으로 청아한 소리가 울렸다.

그 소리의 주인공은 민우가 쥐고 있는 알루미늄 배트였다.

마치 언제 겁을 먹었냐는 듯 민우의 타격은 거침이 없었다.

움츠린 채 12개의 공을 허망하게 흘려보냈던 조금 전의 민우와 깔끔한 자세와 부드러운 스윙으로 공을 날려 보내고 있는 지금의 민우는 전혀 다른 사람인 것처럼 보였다.

민우가 쳐낸 공은 피칭 머신에서 날아온 속도만큼이나 빠르고 또 강하게 뻗어나갔다.

깡! 깡!

민우는 리듬을 타며 단 하나도 놓치지 않겠다는 듯 힘찬 스윙을 계속했다.

그렇게 계속 이어진 타격에 어느덧 남은 공은 단 하나.

민우가 다시금 자세를 잡고, 피칭 머신을 바라봤다.

그린 라이트가 들어오고 피칭 머신에서 공이 발사되어 날아왔다.

깡!

알루미늄 배트를 울리는 청아한 소리와 함께 방향이 바뀐 야구공이 쭉 뻗어나갔다.

띠링!

[돌발 퀘스트―안타 제조기 결과]

―안타 41/30, 남은 공 0/60

―돌발 퀘스트를 우수한 성적으로 성공하였습니다.

―퀘스트 성공 보상으로 영구적으로 파워 +1, 정확 +1이 상승합니다. 20포인트가 지급됩니다.

―우수한 성적으로 성공하였기에 추가적으로 정확 +1이 상승합니다. 추가적으로 10포인트가 지급됩니다.

타격을 마친 민우가 알루미늄 배트를 거치대에 꽂았다. 그와 동시에 알림음과 함께 퀘스트를 성공했다는 메시지가 눈앞에 떠올랐다.

'파워가 +1에 정확은 +2가 상승했다고?'

급작스럽게 발동한 퀘스트였기에 민우는 보상에 대한 내용을 제대로 신경 쓰지 못했었다. 무언가에 홀린 듯 퀘스트에서 하라는 대로 배팅을 했고 이제야 그 내용을 확인하게 된 것이었다.

'플러스니까 좋은 거… 맞겠지?'

보상 수치를 확인한 민우는 자신이 받게 된 보상 내용이 좋은 건지 아닌 건지 긴가민가한 표정을 지었다.

'내 힘이랑 정확이 몇이었더라?'

생각과 동시에 민우의 눈앞에 능력치가 잘 정리되어 나타났다.

[강민우, 22세]

―파워[N, 23(32%)/100], 정확[N, 31(44%)/100], 주력[N, 33(17%)/100], 송구[N, 30(66%)/100], 수비[N, 29(31%)/100].

―종합 [N, 146/500]

'윽, 깜짝이야.'

눈앞에 기호들이 돌아다니기 시작한 지 한 시간이 채 되지 않아서일까. 민우는 아직도 눈앞에 갑자기 나타나는 것들에 적응이 잘 되지 않았다.

'어디 보자. 힘이 23으로 올랐고, 정확은 31로 올랐구나.'

민우는 올라간 수치들을 확인했다. 그러나 긴가민가한 기분은 쉬이 없어지지 않았다.

'내 능력치가 어느 정도의 수준인지를 알 수가 없으니 답답하네.'

탕탕!

"저기요~"

민우가 고민에 빠져 있을 때, 누군가 철망을 두들기며 말을 걸었다.

"아, 네?"

민우가 뒤를 돌아보며 대답했다.

배팅케이지 밖을 보니 자신을 부른 남자 말고도 10여 명쯤 되는 사람들이 민우를 쳐다보고 있었다.

"더 안 치실 거면 저희가 해도 될까요?"

"아, 네. 죄송합니다."

상황을 확인한 민우는 더 이상 민폐를 끼치지 않기 위해 잽 싸게 철문을 열고 빠져나왔다. 그리곤 배팅케이지에서 멀찍이 떨어져 다시 생각에 잠겼다.

'배트를 잡아본 지가 벌써 10년이 지났는데, 이 정도면 꽤 잘하는 거 아닐까?'

민우가 다시 배팅케이지 쪽으로 시선을 보냈다.

자신이 나온 배팅케이지에는 조금 전 자신을 불렀던 남자 가 들어가 있었다.

민우는 남자를 바라보며 집중을 했다.

'저 남자는 능력치가 몇인지 궁금하네.'

그렇게 생각하자 어느새 눈앞에 창 하나가 생겨났다.

[호리호리한 20대 남성]

─파워[N, 15(12%)/100], 정확[N, 16(22%)/100], 주력[N, 18(13%)/100], 송구[N, 17(2%)/100], 수비[N, 12(49%)/100].

─종합 [N, 78/500]

여전히 갑작스레 나타나는 화면이었지만 이번에는 예상하

고 있었기에 놀라지 않았다.

'아까 그 남자나 나에 비해서 엄청 낮잖아?'

푸슉! 펑!

푸슉! 펑!

"어? 이거 왜 이렇게 안 맞아!"

배팅케이지에 들어선 남자는 민우가 본 능력치에 걸맞게 배트를 휘두를 때마다 크게 휘청거리는 몸짓을 보이며 공을 흘려보냈다.

투둥!

"에이씨!"

그렇게 호리호리한 남자는 순식간에 12번을 휘청거렸고 정해진 공을 다 뱉어낸 배팅 머신이 멈췄다.

남자는 기분이 나쁘다는 듯 배트를 거칠게 내던지고는 배팅케이지를 빠져나왔다.

자신의 차례를 기다리고 있던 남자의 일행들도 거의 비슷한 모습을 보였다. 그 다음에 들어간 남자도, 그 다음 남자도 비슷한 모습이었다. 그렇게 두 명을 더 지켜본 민우는 결론을 내렸다.

'비교하기가 조금 뭐하지만, 일단 내 능력치가 일반적인 사람들의 수준보단 높다고 생각하는 게 맞겠군.'

생각을 마친 민우는 집으로 가기 위해 배팅장을 벗어나 집으로 향했다. 아니, 향하려고 했다.

"저기요."

민우는 누군가 자신을 부르는 소리에 뒤를 돌아보았다.

"네?"

민우를 부른 사람은 민우가 배팅장에 들어서기 전부터 호쾌한 배팅으로 안타를 날리고 있던 '덩치가 큰 20대 남성'이었다.

언제 배팅을 끝내고 나왔는지 모르겠지만 민우에게 가까이 다가온 남자는 그 설명 그대로 꽤나 큰 덩치를 가지고 있었다.

민우의 키는 마지막으로 쟀을 때 정확히 180㎝였다. 그런 민우보다 머리 하나는 더 큰 것을 보니 남자의 키는 못해도 190㎝는 되어보였다.

그런 남자가 무언가 바라는 듯한 눈빛으로 자신을 바라보자 민우는 살짝 의아한 기분이 들었다.

"저, 아까 배팅하는 걸 조금 지켜봤는데 꽤 잘 하시더라고요."

"네?"

갑작스러운 칭찬의 말에 민우가 의아한 표정을 지으며 대답했다.

"아, 타격 자세도 깨끗하고 스윙도 부드럽고 해서 저도 모르게 조금 지켜봤습니다."

"아, 감사합니다. 저도 아까 기다리면서 잠깐 봤는데 그쪽

분께서도 정말 잘하시더라고요."

이어지는 남자의 칭찬에 민우는 자신도 모르게 감사의 인사와 함께 남자와 비슷한 덕담을 건네고 있었다.

"그렇게 봐주셨다니 정말 고맙습니다."

"네. 그런데 무슨 일 때문에……?"

"초면에 실례가 될 수도 있지만, 다름이 아니라… 혹시 사회인 야구 해볼 생각 없으신가요?"

"네에?"

갑작스런 제안이었다.

처음 보는 사람에게 칭찬을 하기에 잠깐이나마 '도를 아십니까'인가 하는 생각도 들었다. 그러나 남자의 입에서 나온 말은 민우의 예상범위 안에 들어 있던 말이 아니었다.

"아, 혹시 다른 팀에서 활동하고 계신가요?"

민우의 반응이 좋지 않다고 생각했는지 남자가 조심스레 질문을 던졌다.

"아뇨, 그건 아닙니다만. 너무 갑작스러워서요."

"아! 그렇겠네요. 이거 참… 죄송합니다."

민우의 대답에 남자는 아차! 하는 표정을 짓더니 이내 허리를 살짝 숙여 보이며 사과의 말을 꺼냈다.

"아닙니다. 뭐, 그럴 수도 있죠."

"괜찮으신가요? 하하! 이해해 주시니 다행입니다. 그럼 관심은 있으신 건가요?"

남자의 사과에 민우가 괜찮다는 뜻을 보이자, 남자가 다시 눈을 빛내며 말했다.

　"아… 네, 뭐. 기회만 된다면 야구를 다시 해볼 생각이었긴 하거든요."

　'왠지 이것도 나름의 기회인 것 같다는 기분도 들고…….'

　민우의 대답을 기다리던 남자는 자신이 기대하던 대답이 나오자 얼굴에 화색이 돌았다.

　"그렇습니까? 하하! 이것 참. 이것도 인연인데 이참에 저희 팀에서 같이 해보는 건 어떠세요?"

　"예? 으음……. 일단 당장 확답을 드리기는 좀 그렇고, 연락처를 주시면 나중에 다시 연락을 드리겠습니다."

　"이것 참, 부끄럽게 남자한테 연락처를 다 따여 보네요."

　"예?"

　순간적으로 온몸에 소름이 돋은 민우였다.

　"아, 농담입니다. 하하하하!"

　민우의 말에 기분이 좋은지 아저씨들이나 할 법한 농담을 던지며 호쾌하게 웃어넘기는 남자였다.

　"제 이름은 강민우입니다."

　"저는 박성민이라고 합니다."

　그렇게 통성명을 하고 휴대폰 번호를 교환한 민우와 남자는 작별의 인사를 하고는 각자의 집으로 발걸음을 옮겼다.

　"꼭 연락 주셔야 합니다! 하하하!"

어느 정도 거리가 멀어졌을 즈음, 성민이 내지른 목소리가 민우의 뒤통수에 꽂혔다.

생각보다 늦게 집으로 돌아온 민우는 집에 오자마자 안방으로 향했다.

"어머니, 저 왔어요. 아직도 하고 계신 거예요?"

어머니는 아직도 짐을 챙기느라 바쁜 모습이었다.

"응, 왔니? 거의 다 끝났으니까 신경 쓰지 말고 가서 쉬렴."

민우가 도우려는 듯 안방으로 들어서며 묻자 어머니는 오히려 민우를 내보내며 가서 쉬라고 재촉했다.

'어머니도 참……'

몇 번의 실랑이가 오가고 결국 민우는 자신의 방으로 향할 수밖에 없었다.

털썩!

힘이 빠진 듯 의자에 몸을 맡긴 민우는 생각에 잠겼다.

"사회인 야구라……."

10년 전, 불의의 사고로 야구를 그만뒀던 민우다.

야구를 했던 경험은 있다.

다른 아이들과 마찬가지로 열정적으로 배웠다. 프로야구 선수를 꿈꿨었다. 사고를 당해 다시는 야구를 하지 못한다는 이야기를 들었을 때는 마치 세상을 잃은 듯 아팠다.

하지만 10년이라는 시간은 그리 짧은 시간이 아니었다.

야구를 못하게 됐지만 어떻게든 살아야 했기에 재활 운동을 열심히 해서 몸의 상처는 다 나았다. 그러나 야구를 향해 불타던 가슴은 어느덧 약간의 불씨만이 남아 있었다.

가세는 기울었다.

대학교 등록금을 벌기 위해 고등학교 때부터 새벽에 우유 배달과 신문 배달을 했다. 대학생이 됐지만 상황은 그다지 나아지지 않았고, 아르바이트로는 감당이 되지 않는 학비에 휴학까지 했다. 할 수 있는 건 TV로 야구 경기를 보며 대리만족을 하는 것뿐이었다.

그런데 하늘에서 동아줄이 내려왔다.

아버지는 민우에게 희망을 잃지 말라 하셨고 그 희망은 기적처럼 민우에게 다가왔다. 희망은 꺼져가던 불씨의 기폭제가 되어 다시 한 번 타오르려 하고 있었다.

인연이라면 인연일까.

기다렸다는 듯 민우에게 다가온 성민의 제안은 민우의 가슴에 숨어 있던 야구를 향한 열망을 밖으로 끄집어내려 하고 있었다.

'하지만……'

민우는 이제 집안의 가장이 되었다.

홀어머니를 먹여 살려야 하고, 빚에 허덕이는 현 상황에서 필요한 건 꿈이 아니라 돈이었다.

'나는 어떻게 해야 하는 거지? 꿈을 좇아야 하나? 꿈을 버리고 취직을 해야 하나?'

민우는 자신에게 내려온 불확실한 동아줄을 잡아야 할지, 확실한 다른 길을 찾아야 하는지 고민에 빠졌다.

'가능성을 보자.'

민우는 자신의 몸 상태를 되돌아봤다.

야구를 그만둔 뒤 체계적으로 했던 운동은 재활 운동뿐이었다. 몸이 모두 회복된 뒤로는 짬짬이 헬스장을 다녔고, 아침마다 러닝을 한 것이 운동의 전부였다.

냉정히 말해서 운동선수의 몸이 아니었다.

그런데 사회인 야구라지만 지금 바로 시작한다면 제대로 할 수 있을까?

'오늘 그 일을 겪지 않았다면… 야구 선수의 길은 절대로 불가능했을 것이다. 하지만……'

기적이 일어났다.

아버지가 말했던 희망은 민우에게 능력을 보고, 알고, 다듬을 수 있는 왕도를 열어주었다.

민우의 현재 능력치는 성민의 능력치를 보았을 때 사회인 야구에서는 충분히 먹힐 수준이었다.

'아버지의 눈은 틀리지 않았다.'

10년이 넘는 시간 동안 야구를 하지 않았는데도 민우는 성민보다 높은 능력치를 가졌다.

한마디로 민우에게는 야구에 대한 재능이 있다는 말이었다.

민우에게 생긴 특별한 능력.

그 능력은 민우가 남들보다 더 빠르고, 더 체계적으로 성장할 수 있는 힘이 되어줄 것이다.

'앞으로 1년. 1년 안에 프로가 되는 걸 목표로 한다.'

민우는 10년이란 긴 시간의 방황을 끝냈다.

어릴 적부터 좋아왔던 야구의 길로 다시 한 번 발걸음을 내디뎠다.

길다면 길고 짧다면 짧은 고민이 끝났다. 가야 할 길을 찾았고 목표를 정했다.

하지만 아직 하나의 문제가 더 남아 있었다.

"어머니께는 어떻게 말씀을 드리지?"

가장 중요한 것은 어머니께 언제, 어떻게 말씀을 드리냐는 것이었다.

아버지는 프로야구 선수를 꿈꿨고 끝내 프로야구 선수가 되었다. 민우는 그런 아버지가 자랑스러웠고, 아버지와 같은 꿈을 꿨다.

하지만 꿈과 현실의 괴리는 생각보다 컸다.

아버지의 실력은 2군에서는 그럭저럭 통했다. 그러나 여러 번 찾아왔던 1군으로의 콜 업.

아버지는 수차례 찾아왔던 그 기회에서 번번이 미끄러졌다.

기대에 미치지 못하는 아버지의 모습에 소속 구단은 다른 구단과의 트레이드에 아버지를 덤으로 끼워 팔았다. 아버지는 그런 경험만 5번을 겪었다.

1군 통산 기록은 10시즌 간 292타석 출장이 전부였다.

2할 2리의 타율과 홈런 5개. 흔히들 말하는 멘도사 라인에 걸친 기록이었다.

민우의 사고로 아버지가 야구를 그만둘 때의 최종 기록이었다.

민우의 아버지는 그렇게 1군과 2군을 오르내리길 반복했다. 대형 계약은 꿈도 꾸지 못했기에 연봉 또한 최저 연봉의 언저리였다. 밥을 굶을 정도는 아니었지만 그렇다고 넉넉한 생계도 아니었다.

그래도 어머니는 아버지를 믿고 응원하며 힘을 북돋아주던 분이었다. 아버지가 민우에게 야구를 가르쳐 줄때도 흐뭇하게 바라보셨다. 민우의 꿈이 야구 선수가 되는 것 또한 응원해 주셨다.

10년 전, 민우의 팔을 망가뜨렸던 사고가 일어나기 전까지는…….

그 사고가 일어나고 아버지가 꿈을 포기하신 뒤, 어머니는 야구에 대해 눈과 귀를 닫아버리셨다.

야구가 아버지의 인생을 망쳤고, 민우를 다치게 하고, 결국 가정이 무너졌다.

이러한 상황에서 당장 어머니께 '야구를 하겠습니다'라고 말 했다가는 안 그래도 심신이 약해진 어머니께 나쁘면 나빴지 결코 좋은 반응이 나올 것이란 생각이 들지 않았다.

'어머니께 말씀을 드리는 것은 지금의 가능성을 확신으로 바꾼 뒤가 적당하다. 프로야구 선수가 되었을 때 말씀드리자.'

민우는 고민에 고민을 거듭해 생각을 정리한 뒤 자리를 털고 일어났다.

제3장

더 쇼 야구단에 몸을 담다

쨱! 쨱!

아직 이른 아침인 듯, 해가 떠오르고 있을 즈음.

사방에서 새들이 지저귀는 소리가 들려오는 어느 산속.

좌우로 나무들이 우거져 있었고, 그 가운데로는 사람들이 다니는 길인 듯 풀이 자라지 못해 흙으로 덮여 있는 길이 보였다.

탁! 탁!

"스읍! 스읍!"

그리고 그 길을 따라 민우가 거친 숨을 몰아쉬며 달리고 있었다.

등산로이기에 약간의 경사가 져 있어서 걸어가더라도 힘들어 보이는 길이었다. 하지만 민우는 근육통에 비명을 지르며 멈추려 하는 다리를 의지로 이끌고 계속해서 길을 따라 달렸다.

30분쯤 지났을까.

등산로 중간의 전망대에 도달하자 민우는 달리는 것을 멈췄다. 그리곤 지친 몸을 이끌고 벤치로 가서는 철푸덕 소리를 내며 주저앉았다.

"허억! 허억!"

민우는 진이 다 빠진 듯 의자와 한 몸이 된 듯한 모양새였다.

의자에 기대어 힘겹게 숨을 내뱉고 쉬기를 반복하고 있던 민우의 뇌리에 알림음이 들려왔다.

띠링!

[돌발 퀘스트—건강엔 등산이 제 맛! 결과]

─목적지 : 술악산 전망대, 제한 시간 : 34분/40분

─돌발 퀘스트를 우수한 성적으로 성공하였습니다.

─퀘스트 성공 보상으로 영구적으로 파워 +1, 주력 +1이 상승합니다. 10포인트가 지급됩니다.

─우수한 성적으로 성공하였기에 추가적으로 체력 +3이 상승합니다. 추가적으로 5포인트가 지급됩니다.

"헉… 헉… 망할… 돌발 퀘스트……."

민우가 현재 지쳐 쓰러져 있는 곳은 술악산에서 주변 경관이 가장 잘 보이는 전망대였다.

그런 위치인 만큼 평소라면 한 시간은 족히 걸려야 올라올 수 있는 곳이었다.

평소처럼 아침 조깅 겸 등산을 위해 술악산 등산로로 들어섰던 민우였다. 그런데 등산로에 진입하자마자 뇌리를 울리는 알림음과 함께 돌발 퀘스트가 발동되었다는 문구를 마주하게 되었다.

"후우~ 40분 안에 전망대까지 올라가라는 무리한 요구였지……."

숨을 고르며 혼잣말을 내뱉은 민우였다.

"하지만 아쉬운 건 이놈의 퀘스트가 아니라 바로 나니까."

그랬다. 민우가 목표를 정한 것이 일주일 전이었다.

편의점 아르바이트를 하는 시간을 제외하고 남는 시간은 모두 능력치를 올리기 위해 운동에 투자하기로 마음을 먹었다.

평소엔 6시간씩 자던 민우였는데 그것마저 줄였다.

지난 일주일 동안 새벽같이 일어나 아침 조깅과 등산을 반복했고, 아르바이트가 끝난 저녁에는 헬스장에서 웨이트 트레이닝에 매진했다.

그러나 그것만으로는 능력치를 빠르게 올릴 수가 없었다. 조깅이나 웨이트 트레이닝으로 올라가는 경험치는 실망스러울 정도로 미약한 수준이었다.

일주일간 올라간 경험치는 평균적으로 30%에서 40% 남짓이었다. 단순히 계산해 봤을 때 능력치 1을 올리기 위해서 최소 3주는 걸린다는 의미였다.

때문에 경험치 100% 상승에 맞먹는 돌발 퀘스트의 보상은 더욱 값어치가 있을 수밖에 없었다. 심지어 우수한 성적으로 성공하면 추가적인 보상도 주어진다. 그렇기에 퀘스트의 성공, 그 이상을 노릴 수밖에 없었다.

"알지만… 이건 완전 혹사야 혹사."

휴식을 통해 어느 정도 숨을 돌렸지만 입안에선 여전히 단내가 느껴졌다. 들어줄 사람 없는 불평을 한 민우는 지난 일주일 동안 향상된 능력치를 확인했다.

'내 능력치.'

[강민우, 22세]
―파워[N, 26(70%)/100], 정확[N, 31(76%)/100], 주력[N, 34(52%)/100], 송구[N, 31(2%)/100], 수비[N, 29(65%)/100].
―종합 [N, 151/500]
―체력 77/103

능력치를 확인한 민우는 주먹을 꽉 쥐었다.

"역시, 돌발 퀘스트는 꼭 우수한 성적으로 성공해야 한다."

민우는 두 번의 경험을 통해 돌발 퀘스트의 중요성을 깨닫게 되었다.

3일 전, 헬스장에서 돌발 퀘스트가 발동했었고, 다행히 우수한 성적으로 성공했다. 원래는 기본 보상이 힘 1이었지만 추가 보상으로 힘이 추가적으로 더 올랐다. 그 보상으로 힘이 2가 상승했고 오늘 보상까지 합치면 총 3이 상승했다.

웨이트 트레이닝으로 송구 경험치가 쌓여 어제저녁 수치가 1 상승했다.

마지막으로 오늘 발동한 돌발 퀘스트로 주력 1이 상승하고 추가 보상으로 체력이 3 상승했다. 만약 돌발 퀘스트를 성공하지 못했거나, 우수한 성적으로 통과하지 못했다면 민우의 능력치는 아직도 제자리를 맴돌고 있었을 것이다.

다만 돌발 퀘스트는 언제 어느 상황에서 발생할지 알 수 없기 때문에 민우가 대비하기 힘들다는 것이 단점이라면 단점이었다.

"그런데 포인트는 어디에 쓰는 건지 알 수가 없네. 얼마나 쌓였는지도 모르겠고."

처음에는 너무 정신이 없어 포인트에 대해서는 미처 확인하지 못했었다.

그런데 헬스장 퀘스트도 그렇고, 이번 돌발 퀘스트에서도 포인트가 지급되는 것에 의문이 싹트기 시작했다.

민우는 그제야 포인트가 무슨 용도인지 확인해 보려 했지만 도무지 답을 찾을 수가 없었다.

"이상하네. 괜히 포인트를 주는 것은 아닐 것 같은데……."

머리를 굴리며 고민을 거듭하던 민우는 힌트조차 알 수 없자 인상을 팍 쓰고 말았다.

"쩝. 괜히 머리만 아프네. 뭐, 당장 중요한 건 이게 아니니까. 지금은 그냥 없는 셈치고 잊어버리자. 중요한건 훈련! 훈련이지!"

생각을 정리한 민우는 충분한 휴식을 취했다고 판단하고 가볍게 달려 산을 내려갔다.

"그럼, 수고하세요."

"네. 고생하셨어요~"

민우가 다음 타임 알바에게 인사를 하며 편의점을 나섰다. 집으로 향하던 민우는 주머니를 뒤적거리며 핸드폰을 꺼내 메시지를 확인했다.

새로운 메시지 0

'역시, 경력이 없으면 안 되는 건가.'

성민이 사회인 야구를 제의했던 그 다음 날.

민우는 편의점 알바를 하며 짬짬이 인터넷을 통해 성민이 소속된 팀에 대한 정보를 찾아보았다.

그러던 와중 DC다이노스가 새로 창단되어 프로야구 제9구단으로 합류한다는 소식을 접했다. DC다이노스에서 선수 모집을 위해 공개 트라이 아웃을 진행한다는 사실을 알게 됐다.

그 사실을 알게 된 민우는 성민의 제안을 뒤로 미뤄두고 혹시나 하는 마음에 신청 서류를 작성하여 제출했었다. 그리고 오늘이 바로 서류 통과자 통보 예정일이었다.

하지만 프로야구 구단은 시간이 남아도는 사람들이 아니었기에 가능성을 위주로 보았고, 선수 경력이 없는 지원자들은 서류 단계에서 걸러내는 것이 보통이었다.

'선수 출신이 아니면 안 된다는 건 알고 있었지만… 허무한 건 어쩔 수 없구나.'

머리로는 알고 있었으나 아쉬운 것은 어쩔 수 없는 일이었다.

잠시 고민을 하던 민우는 휴대폰의 전화부를 뒤적거리며 성민의 번호를 찾아 전화를 걸었다.

"저 민우입니다. 네, 성민 씨 팀에 합류하고 싶습니다. 네, 그럼 그때 뵙겠습니다."

민우는 잠깐의 외도를 끝내고 성민의 영입 제안을 받아들였다.

　3일 뒤, 민우는 약속 장소인 고양시 국가대표 야구장으로
향했다.

　"이쪽입니다! 어서 오세요. 민우 씨!"

　지하철을 타고 1시간 반이나 걸리는 거리여서 살짝 지친 민
우였다.

　그런 민우를 생각해서인지 성민은 지하철역까지 마중을 나
왔다.

　"오랜만에 뵙습니다."

　"네, 정말 오랜만이네요! 하하하! 저는 또 다른 팀에 가서서
연락을 안 주시나 했습니다."

　민우의 인사에 성민은 호쾌하게 웃으며 농담을 던졌다.

　'트라이 아웃 참가하려고 했다는 거 알면 섭섭해하겠
지……'

　"조금 생각할 게 많아서 연락을 늦게 드리게 됐네요."

　"그러셨군요, 하하. 아! 일단 어서 가죠! 조금 있으면 친선
경기 시작하거든요. 저도 일단은 선발 4번 타자인지라."

　"네, 알겠습니다."

　호쾌한 웃음을 보이던 성민은 곧 친선 경기가 시작한다며
급하다는 듯 잰걸음으로 앞장섰다.

"감독님!"

경기장에 도착하자마자 성민은 더그아웃 쪽으로 쪼르르 달려가며 감독을 찾았다.

그런 성민의 부름에 40대쯤 되어 보이는 건장한 체격의 남성이 돌아봤다. 양쪽 위로 솟아나듯 자란 눈썹이 인상적이었다.

"어~ 왔어?"

"네~ 제가 저번에 우리 팀에 영입하고 싶다고 말씀드렸던 사람 기억하시죠?"

"아~ 그 배팅장에서 봤다는 사람?"

"네~ 오늘 시간이 된다고 해서 데리고 왔어요."

성민이 감독과 대화를 하는 사이 민우는 경기장에서 연습을 하고 있는 선수들을 지켜보고 있었다.

팡! 팡!

외야에서 캐치볼을 하는 선수들을 보고 있던 민우는 귀를 간질이는 묵직한 소리에 시선을 돌렸다.

소리가 나는 곳엔 불펜이 자리하고 있었는데 30대 정도로 보이는 날카로운 인상을 가진 선수가 투구를 하며 몸을 풀고 있었다.

가볍게 던지는 듯 보이는데도 순식간에 포수의 미트로 빨려 들어가는 공이 꽤나 위력적이었다.

'배팅장에 있던 핵직구보다 훨씬 빨라 보이는데… 투수 능

력치도 볼 수 있나?'

민우는 투수의 공을 보고는 그 능력치가 궁금해졌다. 그러자 성민의 능력치를 봤을 때처럼 민우의 눈앞으로 투수의 능력치가 나타났다.

[날카로운 인상의 30대 남성]
—구속[B, 42(35%)/100], 제구[N, 33(41%)/100], 멘탈[N, 32(34%)/100], 회복[N, 27(77%)/100].
—종합 [N, 134/400]

'타자랑 능력치의 종류가 조금 다르구나.'

투수의 능력치를 확인한 민우는 고개를 끄덕거리다 이내 무엇인가 발견한 듯한 표정을 지었다.

'다른 능력치에 비해 구속이 상당히 높다. 어? N이 아니라 B라고 되어 있잖아? 무슨 뜻이지?'

생각을 함과 동시에 구속 부분이 확대되며 자세한 설명이 나타났다.

비기너 [B, Beginner, 41~50]
—일반의 범주를 약간 벗어난 상태.
—투수 : 구속 능력치가 비기너 등급 달성 시 일정 확률로 구속이 +1㎞ 상승한다.

'비기너라니?'

민우는 등급이라는 게 존재한다는 사실에 놀랄 수밖에 없었다. 돌이켜 생각해 보니 맨 처음 자신이 능력을 얻었을 때 자신의 능력치 옆에 노말이라고 쓰여 있던 것이 어렴풋이 떠올랐다.

'41부터 50까지가 비기너라면, 더 높은 등급도 존재한다는 말이겠지. 도대체 여기에 어떤 비밀이 더 숨겨져 있는 걸까?'

"민우 씨! 이쪽!"

민우가 새로운 사실을 발견하고 고민하던 사이, 감독과 대화를 마쳤는지 성민이 민우를 찾는 듯 고개를 두리번거렸다. 이내 민우를 발견하곤 이쪽으로 오라는 손짓을 보냈다.

민우가 그런 성민을 보고는 뜀박질을 해 더그아웃으로 다가갔다.

"안녕하십니까. 강민우라고 합니다."

"반갑구만. 더 쇼 야구단 감독 박천강일세."

가볍게 인사를 건넨 민우와 천강이 악수를 나눴다.

"성민이 권유로 우리 팀에 들어오겠다고 했다던데, 맞나?"

"네. 성민 씨의 제안에 처음엔 많이 당황했습니다. 제가 야구를 마지막으로 해본 게 10년 전이라서요."

민우의 입에서 흘러나온 말에 감독은 살짝 놀란 표정을 지었다.

그러고는 너도 알고 있었냐는 듯한 눈빛으로 성민을 살짝 노려보았다.

　성민 역시 자세한 이야기는 하지 않았기에 벙찐 표정을 짓더니 이내 민망한 듯 감독을 바라보았다.

　"어… 실은 저도 처음 듣네요. 하하하하!! 뭐 어떻습니까! 우리가 몸담고 있는 사회인 야구의 모토가 야구를 사랑하는 누구나 즐기자! 아닙니까? 하하… 하……."

　성민은 민망했는지 조그맣게 이야기를 하더니 호탕하게 웃었다. 그가 말한 사회인 야구의 모토가 진짜인지 아닌지는 모르겠지만…….

　"뭐… 틀린 말은 아니지."

　"그렇죠? 하하하하하!"

　그런데 천강은 그 말에 '그런가?' 하는 표정을 짓더니 이내 동의의 말을 뱉었다.

　천강이 동의하자 성민은 다시 예의 싱글벙글한 표정을 지으며 호쾌한 웃음을 지었다. 아무렇지 않게 받아들이는 천강의 모습에 오히려 민우가 살짝 놀라는 표정을 지었다.

　'음… 꽉 막힌 성격은 아닌가보군.'

　"그럼… 아, 누가 봐도 내가 아버지뻘이기도 하고 이 팀의 수장이기도 하니 말은 편하게 해도 상관없겠지?"

　민우의 입장에선 천강은 이미 반쯤 편하게 말을 하고 있었지만 민우는 눈치껏 모른 척했다.

"아, 네. 괜찮습니다."

'왠지 가족 같은 분위기의 팀일 것 같은 기분이 드네.'

민우는 감독과 성민의 모습을 보고나서야 살짝 긴장했던 마음이 풀렸다.

그렇게 순식간에 민우의 야구 경력이 까발려지고 천강과 민우 간의 위계질서가 정리되었다.

"자네, 그럼 오늘 경기에 바로 뛰어봐."

그리고 이어지는 천강의 지시. 예상하지 못한 천강의 지시에 민우는 또 한 번 놀라고 말았다.

"테스트도 없이, 바로… 말입니까?"

"뭐… 테스트 겸 실전 감각도 확인해 보자고. 친선 경기니까 너무 부담 갖지는 말고. 일단 오늘 포지션은 다 정해졌으니까 지명타자로 들어가라. 장비는 다 챙겨왔지?"

"네, 준비해 왔습니다."

'알루미늄 배트가 없어서 급하게 사오긴 했지만.'

민우는 장비를 따로 사지 않고 아버지가 쓰시던 장비를 잘 정비해 사용하기로 결정했다. 다만 배트는 나무 배트뿐이었기에 급하게 동네 스포츠용품점을 찾아 제일 저렴한 제품으로 구해 온 것이다.

민우의 대답에 천강은 대충 만족했다는 듯 고개를 끄덕이고는 성민을 바라봤다.

"성민아, 유니폼 남는 거 하나 쥐어줘라."

"그럴 줄 알고 이미 준비 다 해놨습니다."

이미 다 알고 있었다는 듯, 성민은 감독의 말이 채 끝나기도 전에 옆구리에 끼고 있던 야구 가방에서 유니폼을 쓱 꺼내 민우에게 내밀었다.

"자, 여기 대령이옵니다."

일사천리로 진행되는 실전 투입 준비에 당황한 사람은 민우혼자뿐이었다.

'한두 번 이랬던 게 아닌가 보군. 하긴, 배팅장에서 생전 처음 보는 사람한테 영입 제안을 하는 것도 보통 사람은 못하지.'

그때의 상황이 떠오른 민우는 피식 웃음을 흘렸다.

"자자. 경기 시작 30분도 안 남았으니까 성민이는 어서 가서 몸 풀고, 민우도 저쪽 가서 유니폼 입고 장비 챙겨서 연습에 합류하도록."

"네, 알겠습니다."

일사천리로 이루어지는 감독의 지시에 민우는 회상을 끝냈다.

"어이, 신입."

훈련에 합류하기 전 가볍게 몸을 풀고 있던 민우에게 누군가 말을 걸었다.

목소리가 들려온 방향으로 돌아보니 호리호리한 몸에 찢어진 눈매를 가진 남자가 보였다.

남자는 무언가 맘에 들지 않는다는 듯 알루미늄 배트를 어깨에 턱 걸치고 민우를 바라보고 있었다.

"예, 부르셨습니까?"

자신을 부를 때 들려온 목소리가 호감의 느낌은 아니었다. 돌아봤을 때 보인 몸짓이 마치 '어디서 굴러 온 돌덩어리야'라고 온몸으로 표현하는 듯한 느낌이었다.

웬만큼 둔감한 사람이 아니면 당연히 느낄 수밖에 없었고, 민우 역시 그러한 느낌을 받았다. 하지만 자신은 오늘 합류한 제일 막내이고 누군가 자신을 불렀으니 일단 대답은 했다.

"너, 이름이 뭐냐?"

"네. 강민우라고 합니다."

"난 이찬규라고 한다. 혹시나 해서 하는 말인데 야구 해본 적은 있어?"

"10년 전에 해본 게 마지막입니다만."

민우의 대답을 들은 찬규의 낯빛이 어두워졌다.

"뭐? 10년 전이라고? 그럼 10년 동안 야구공 한 번 잡아본 적도 없다는 말이야?"

"네. 야구공도 배트도 잡아본 적이 없습니다."

"허허… 근데 우리 팀엔 어떻게 들어온 거야? 누구랑 친분이라도 있어?"

민우의 대답을 기다리던 남자는 당황스럽다는 듯한 표정을 지으며 물었다.

"친분은 없습니다만, 성민 씨가 제안을 해서 오게 됐습니다."

"성민이가? 뭘 보고 제안을 한 건지 모르겠네… 딱 보니 손에 굳은살도 없고."

어느새 남자의 옆으로 그와 똑 닮은 남자가 야구공의 실밥을 만지작거리며 다가와 말했다.

그 남자의 등장에 찬규는 더더욱 걱정된다는 표정을 지으며 민우를 쳐다봤다.

찬규가 민우의 몸을 훑고 남자치고는 깨끗한 손을 보더니 고개를 절레절레 흔들었다.

"그래가지고 투수가 던지는 공이나 제대로 받아칠 수 있을까 싶은데. 뭐, 성민이가 아무나 데려올 정도로 생각 없는 녀석이 아니니까. 어디 오늘 실력 한번 보여줘 봐."

그렇게 말을 내뱉고는 몸을 휙 돌려 순식간에 멀어지는 2인조였다.

'이찬규, 이찬재.'

민우는 그들의 유니폼에 적힌 이름을 되새겼다. 그들이 떠나고 나니 어느새 자신을 지켜보는 시선들이 느껴졌다.

10년 동안 야구를 하지 않았다는 사실에 놀란 눈빛을 보내는 뚱뚱한 남자, 넌 누구냐는 듯 순수한 의문의 눈빛을 보내는 단신의 남자, 운치 있게 기른 콧수염을 만지작거리며 자신에게 윙크를 하는 남자. 아, 이건 싫다.

'가족 같은 분위기라고 생각했는데… 내 착각이었나.'

민우가 처음에 했던 생각을 고치고 있을 때, 콧수염을 기른 남자가 다가왔다.

"이름이 민우라고 했지?"

"네. 강민우입니다."

"난 류재주라고 한다. 뭐, 너무 신경 쓰지는 마라. 사회인 야구에도 급이 있고 우리는 조금 높은 물에서 노는 팀이거든."

재주는 혹시나 민우의 기가 죽을까 걱정되었는지 신경 쓰지 말라며 약간의 설명을 덧붙였다.

"저 녀석들도 마냥 네가 싫어서 그러는 건 아닐 거다. 누가 봐도 네 모습은 낙하산으로 보일 수밖에 없거든……."

'그들의 눈에는 어른들 노는데 꼬맹이가 끼어든 꼴이겠군.'

재주의 말에 민우가 자신의 처지를 다시 한 번 상기했다.

"그래도 칙칙하던 우리 팀에 오랜만에 꽃 한 송이가 심어지니 좋구만."

"예?"

민우에게 자신을 소개한 재주는 민우가 마음에 든다는 듯 말을 끝마치며 또 한 번 눈을 찡긋거렸다.

'윽.'

민우는 온몸에 소름이 돋는 기분이 들어 살짝 몸을 떨었다. 그 모습을 본 재주는 재미있는 녀석이라는 듯 얼굴에 웃음을 지었다.

"하하하! 하지만! 뭐가 어찌 됐던 너의 가치는 실력으로 보여줘야 한다. 네가 가진 모든 걸 보여라. 그게 네가 저들의 코를 납작하게 할 수 있는 유일한 방법이며, 팀에서 인정받기 위한 유일한 방법이다."

마치 조금 전 민우가 헛것을 봤다는 듯, 순식간에 진지한 표정을 지으며 말하곤 배트를 붕붕 휘두르며 멀어져 갔다.

'가족 같은 팀이 아니라, 개성이 아주 뚜렷한 팀이라고 정정해야겠군.'

제4장

화려한 비상

"플레이볼!"

잠깐의 소란을 뒤로하고 친선 경기가 시작되었다.

경기 상대는 작년 e마켓 배 전국 사회인 야구 대회 우승 팀인 야누스라는 팀이었다.

e마켓 배 전국 사회인 야구 대회는 결승까지 총 5경기가 이루어졌다. 최종 성적 팀 타율 4할 8푼 7리라는 어마어마한 기록이 나왔다. 이런 기록은 프로에서는 앞으로 100년이 지나도 구경할 수 없을 수치였다. 팀 홈런은 15개로, 산술적으로 경기당 3개가 나왔다는 뜻이었다.

그런 성적에 걸맞게 선수들의 면면이 화려했고, 중출(중학교 선수 출신)도 몇몇 자리 잡고 있었다.

특히 이번 친선 경기에 선발투수로 나올 성진우 선수는 좌완투수로 1989년 봉황기 결승전 완투승의 주인공으로 작년에 야누스에 합류한 신성이었다.

"아까 불펜에서 봤던 투수가 어마어마한 선수였구나."

민우는 자신이 봤던 투수가 상대 팀의 에이스라는 사실을 알게 되었다.

"평균 구속이 120㎞에 컨디션이 좋을 땐 130㎞ 가까이 나온다라… 내가 프로에서 먹힐 가능성이 있는지 확인할 아주 좋은 기회다."

성진우는 프로에서는 배팅볼 투수이지만 사회인 야구에서는 거의 탑 클래스라고 할 만한 투수였다.

이번 경기에서 민우는 제일 마지막인 9번 타순에 지명타자를 맡게 되었다. 아직 민우의 실력을 모르기에 당연한 타순 배치였다.

경기가 시작되자 더그아웃에 약간의 긴장감이 감돌았다.

1부 리그에 소속된 더 쇼 야구단이 추후 챔피언십에 진출할 때 언젠가는 마주쳐야 할 팀 중 하나가 바로 야누스이기 때문이다.

특히 상대 팀의 에이스인 성진우의 투구 패턴이나 투구 폼에 약간이라도 빈틈이 있을 수 있었기에 집중을 하지 않을 수가 없었던 것이다.

'친선 경기니까 긴장하지 말라던 감독님의 말이 없었다면, 이 분위기에 나도 덩달아 긴장했겠어.'

경기 시작 전 제비뽑기로 야누스가 홈, 더 쇼가 어웨이로 정해졌다. 그래서 1회 초 선공은 더 쇼의 1번 타자부터 시작됐다.

1번 타자는 처음 민우에게 말을 걸었던 콧수염 류재주였다. 포수의 왼쪽으로 들어서는 것을 보니 우타자였나 보다.

'일단 내 타순은 아직 한참 뒤이니 지켜보자.'

생각을 마친 민우는 성진우가 투구하는 모습을 지켜보았다.

초구는 빠른 포심 높은 볼.

눈 가까이 들어오는 공이었지만 류재주는 일부러 걸러냈다.

2구는 낮게 깔리는 포심 스트라이크.

1번 타자의 역할은 뒤에 나올 타자들에게 상대 투수의 공을 최대한 많이 보여주는 것이다. 그래서인지 류재주는 후속 타자들에게 공을 하나라도 더 보여주려는 듯, 2구 역시 신중하게 지켜봤다.

'직구가 아주 묵직하다.'

괜히 에이스가 아닌 듯 묵직하게 미트에 꽂히는 포심은 공끝이 살아 있는 듯 보였다.

퍽!

"스트라이크!"

3구는 몸 쪽에 꽉 찬 포심.

초구는 볼이었지만 성진우는 개의치 않는다는 듯 2개 연속으로 스트라이크를 꽂아 넣었고, 류재주는 어느새 카운트가 몰려 1볼 2스트라이크가 되었다.

펙!

"스트라이크 아웃!"

마지막 공은 바깥쪽으로 낮게 깔리는 스트라이크였다.

류재주는 유인구를 예상한 듯 배트를 휘두르지 않았는데, 상대 투수의 과감한 피칭에 삼진을 당하고는 고개를 내저었다.

이후 성진우는 2번, 3번 타자를 상대로도 묵직한 포심만을 던졌는데 구석구석을 찌르는 칼 같은 제구에 속수무책으로 당하고야 말았다.

땅볼, 삼진으로 이닝 종료.

공수 교대.

'한 번도 변화구를 던지지 않았다. 그건 그만큼 자신의 직구에 믿음이 있다는 말이겠지.'

민우는 세 명의 타자를 상대하는 진우의 모습에서 잘하면 노림수를 둘 수 있겠다는 생각을 했다.

더 쇼의 선발투수는 경기 시작 전 민우를 보며 공이나 잘 치겠냐며 걱정했던 2인조 중 동생인 이찬재였다.

자신을 보면서도 야구공을 손에서 굴리기를 멈추지 않더니 투수였나 보다.

구속은 110㎞가 채 안 되어 보이지만 타이밍을 빼앗는 느린 커브와 직구와 비슷한 구속의 하드 슬라이더로 상대 타자의 허를 찌르며 이닝을 쉽게 마무리 지었다.

그렇게 소득 없는 두 번의 공수 교대 후, 민우의 타석이 코앞으로 다가왔다.

현재 타석에는 더 쇼의 8번 타자가 들어서 있었다. 경기 시작 전 일어난 소란에 시선을 보내던 단신의 남자였다.

이름은 김성빈. 배트를 손가락 두 마디 정도 짧게 잡은 것을 보니 교타자 스타일인 것으로 보였다. 민우는 성빈을 바라보며 집중을 했다.

[김성빈, 35세]
ー파워[N, 23(40%)/100], 정확[N, 28(4%)/100], 주력[N, 33(58%)/100], 송구[N, 27(22%)/100], 수비[N, 23(41%)/100].
ー종합 [N, 134/500]

'전체적으로 나보다 능력치가 낮다. 과연 받아칠 수 있을까?'

"성빈아! 날려 버려!"

"화이팅!"

분위기를 바꾸기 위해서 더그아웃에서 우렁찬 함성이 쏟아져 나왔다.

상대 선발인 성진우를 상대로 더 쇼의 타자들은 속수무책으로 당하고 있었다.

2번 타자인 찬규와 4번 타자인 성민을 제외하고는 1, 3, 5, 6번 타자가 모두 삼진을 당했다. 문제는 구석구석을 찌르는 성진우의 공이 모두 포심 패스트볼이라는 것이었다.

성진우는 변화구를 던지지 않고 포심의 구속 조절만으로 더 쇼의 타자들을 압도하고 있었다.

민우가 대기 타석으로 들어서려 할 때였다.

"민우야."

"네?"

천강이 민우를 부르며 손으로 오라는 표시를 했다. 이에 민우가 답하며 다가가자 천강이 기록지를 보여주며 말을 이었다.

"성진우가 현재까지 무슨 공을 던졌는지 알고 있냐?"

"네, 포심 패스트볼만 던지고 있습니다."

민우가 고민 없이 대답하자 그에 만족한 듯 천강이 지시를 내렸다.

"그래, 맞다. 성진우는 원래 직구가 묵직한 투수이지만, 직구 일변도로만 던지는 투수는 아니다. 그런데도 직구만으로 우리 팀을 요리하고 있다. 이유는 두 가지겠지. 우리 팀의 컨디션이 엉망이거나, 성진우가 오늘 제대로 긁히는 날이거나."

"그렇군요."

민우는 한마디도 놓치지 않겠다는 듯 귀를 쫑긋 세우고는 감독의 입을 예의 주시했다.

　"타자들은 타석에 들어설 때 가끔 단순해져야 할 때가 있다. 실투를 놓치는 것은 좋은 타자가 아니지만 노림수 없이 타석에 들어서는 타자 또한 좋은 타자가 아니다."

　천강은 10년 만에 야구를 한다는 민우를 위해 타석에서의 작전을 지시해 주고 있었다. 민우는 그런 천강의 말을 하나도 놓치지 않겠다는 듯 진중한 표정을 지으며 그의 이야기를 들었다.

　"지금 기세는 성진우에게 넘어가 있다. 이걸 깨뜨리는 방법은 보란 듯이 그 공을 쳐 내는 거지. 그러니까 넌 무조건 직구만 노려서 쳐라. 못 쳐도 되니까 부담은 갖지 말고. 알겠지?"

　천강의 지시를 듣고 고개를 끄덕인 민우는 대기 타석으로 들어섰다. 진우의 직구에 타이밍을 맞춰보며 자신의 타석을 기다렸다.

　'아직까지 한 타자도 진루를 하지 못하고 있다. 그것도 포심 하나만 던지는데도 이렇다는 건 분위기가 넘어갔다는 거지. 감독님 말씀대로야. 이대로는 안 돼.'

　민우는 이 상황을 타개해야 할 필요성을 느꼈다. 앞선 타자들은 혹시나 허를 찌르는 변화구가 날아올까 하는 일말의 생각에 자신들의 스윙을 제대로 하지 못하고 있는 듯 보였다.

　스트라이크 아웃!

"아……."

8번 타자인 성빈마저 헛스윙을 하며 맥없이 삼진을 당했다. 그와 동시에 더그아웃에선 아쉬움의 탄성이 흘러나왔다. 더그아웃으로 돌아오는 성빈의 표정이 그다지 좋아 보이지 않았다.

'드디어 내 차례다.'

민우는 배트를 두어 번 정도 크게 휘두른 뒤 배트에 끼워 두었던 배트 링을 뽑아냈다. 배터 박스로 이동하면서 두어 번 더 휘둘러보니 손에 착 달라붙는 그 느낌이 꽤나 마음에 들었다.

'느낌이 좋다.'

"민우야! 이제 너밖에 희망이 없다! 실력 한번 보여줘 봐!"

"날려 버려!"

더그아웃에서의 함성을 뒤로 한 채 민우는 배터 박스로 향했다.

배터 박스에 들어서자 민우는 평소보다 심장이 더 거칠게 뛰는 듯한 느낌이 들었다. 10년 만에 서보는 진짜 야구장, 실전에서의 첫 타석이다.

10일 전, 프로야구 선수라는 목적지를 정했다. 남은 것은 엔진에 시동을 걸고 출발을 하는 것뿐이었고, 지금은 그 출발선 위에 서 있는 것이었다.

그때.

띠링!

[돌발 퀘스트 발동—치고 달려라(사회인 야구)]

—상대 선발투수 성진우의 투구에 속수무책으로 당하고 있습니다. 노히트 노런을 저지하고 팀을 위기에서 구하십시오.

—성공 시 영구적으로 파워 +1, 정확 +1. 50포인트 지급.

—실패 시 일주일 간 파워 −5, 정확 −5. 하루 동안 근육통 발생.

—본 퀘스트는 리그당, 단 한 번씩만 발생합니다.

'돌발 퀘스트 타이밍 한번 죽이는구만.'

뇌리를 울리는 알림과 함께 돌발 퀘스트가 발동되었다.

이에 민우가 잠시 멈칫했지만 이제는 익숙한 듯 놀라는 표정은 전혀 없었다. 오히려 퀘스트의 내용을 빠르게 되새긴 뒤 생각을 정리하기 시작했다.

'현재까지 성진우는 포심 패스트볼 한 구질만을 던지고 있다. 변화구를 한 번도 보이지 않았다는 건 선수들이 그에게 압도당했다는 거겠지. 그렇기에 한편으론 약간이나마 방심을 하고 있을 거야. 그걸 노린다.'

배터 박스에 들어선 민우는 이번 타석에서는 포심 패스트볼 하나만을 노리기로 결정했다. 민우는 성진우의 빠른 공에 대비하기 위해 배터 박스에서 가장 뒤쪽으로 위치를 잡았다.

무릎을 살짝 굽히며 자세를 잡고 배트를 살짝 느슨하게 쥐었다. 그리고 마운드로 고개를 돌려 성진우를 바라봤다.

진우와 민우의 눈이 마주치며 기 싸움이 시작됐다.

잠시 자신을 지긋이 노려보던 진우는 포수의 신호를 받은 듯 눈빛을 거두고는 와인드업 자세를 취했다.

슈욱! 팡!

진우의 손을 떠난 야구공은 0.5초 정도의 찰나에 민우를 지나 포수의 미트에 빨려 들어갔다.

"스트라이크!"

'약간 낮다고 생각했는데 들어왔나.'

민우가 잠시 배터 박스를 벗어나 장갑을 다시 매만지며 가상의 스트라이크존을 수정했다.

다시 배트를 움켜쥔 민우의 눈빛이 더욱 날카로워졌다.

'와라!'

다시 한 번 와인드업 자세를 취한 진우가 부드럽게 공을 뿌렸다.

깡!

배트의 스위트스폿을 살짝 빗겨 맞은 공은 좌측 외야 파울 라인을 향해 총알같이 날아갔다.

"파울!"

'아……'

아쉽게도 라인을 약간 벗어나는 공이었다.

1루를 향해 달려 나가던 민우가 아쉬움에 속으로 탄성을 질렀다. 팀의 경기 첫 안타를 기대했던 더 쇼의 더그아웃에서도 탄성이 들려왔다.

결과는 파울이었지만 진우는 자신의 공이 처음으로 통타를 당하자 살짝 놀란 듯 보였다.

진우는 송진 가루를 묻힌 손을 공에 벅벅 비비며 내던졌던 배트를 다시 쥐고 있는 민우를 바라봤다.

민우는 배트를 다시 움켜쥐곤 배터 박스 옆에서 두 번 크게 휘두르며 생각했다.

'과연, 자신감이 허투는 아니었군. 공이 꽤나 묵직하다.'

쉐도우 스윙을 마친 민우가 다시 배터 박스로 들어섰다.

이후 진우는 두 개 연속 민우의 눈높이 정도로 높은 볼을 던졌다.

'한 방 맞았다고 쫄아서 변화구를 던질 투수는 아니지. 높은 볼 두 개를 보여주고 낮게 깔겠다는 생각인가.'

2볼 2스트라이크.

현재 상황은 타자에게 몹시 불리한 상황이었지만 민우는 그다지 긴장한 듯한 모습이 아니었다.

머리로는 끊임없이 다음 공에 대비하고 있었지만 겉으로 드러나지는 않았다. 민우는 어깨에 힘을 풀고 배트를 느슨하게 쥐고 다음 공을 준비하고 있었다.

진우의 와인드업.

부드러운 투구 폼과 함께 날아오는 강력한 포심 패스트볼.

'바깥쪽 낮은 공!'

그와 동시에 민우가 기다렸다는 듯 바깥쪽 낮은 곳으로 배트를 힘차게 휘둘렀다.

깡!

"오~"

청아한 타격음에 더 쇼의 더그아웃에서도 감탄의 목소리가 들려왔다.

홈 플레이트에서 방향을 돌린 야구공은 우측 외야를 향해 쭉쭉 뻗어나갔다. 그와 동시에 민우가 달리기 시작했다.

타다닥!

"빠르다!"

"저 녀석, 달리는 게 보통이 아닌데?"

순식간에 민우가 1루 베이스를 돌아 2루 베이스로 향하고 있었다.

민우가 2루로 내달림과 동시에 펜스를 맞고 튀어나온 공을 우익수가 잽싸게 주워 2루 쪽으로 던졌다.

주력이 좋지 않다면 충분히 아웃 타이밍이 될 수 있는 상황이었다.

"어, 어?"

"2루로 가는 거야?"

민우가 1루 베이스를 지나 계속해서 내달리자 민우의 주력에 잠시 감탄하던 더 쇼 팀의 더그아웃에서 잠시 웅성거림이 생겼다.

더그아웃에서 민우와 공을 번갈아 바라보는 팀원들은 누가 먼저 2루에 도착할지 조마조마한 표정이었다.

찰나의 시간이 지나고, 중계 플레이를 거쳐 공이 2루수의 글러브로 빨려 들어갔다. 그사이 민우는 이미 2루 베이스를 향해 슬라이딩을 하고 있었다.

"세이프!"

민우가 2루 베이스를 터치하자마자 유격수에게 공이 도착했다. 2루심은 일말의 고민도 없이 민우에게 세이프 판정을 내렸다.

"오!!"

"잘했다. 민우야!"

민우의 첫 안타와 환상적인 슬라이딩에 침울했던 더그아웃의 분위기가 달라졌다.

3회까지 이어지던 진우의 노히터 기록을 민우가 깨뜨려 버렸다.

민우는 그런 더그아웃의 환호에 주먹을 불끈 쥐어 들어 보이며 답했다.

"저 자식, 꽤 하는구만?"

"낙하산 타고 내려온 줄 알았더니, 타격 센스도 센스지만 주루 센스도 괜찮은걸?"

2루 베이스에 있는 민우는 듣지 못할 만큼 작은 목소리가 더그아웃에서 오가고 있었다.

노히터가 깨지자 기분이 나쁜 듯 인상을 살짝 찡그리던 진우는 2루 베이스로 견제구를 3번 연속 날리는 것으로 화풀이를 했다.

'멘탈이 32였나. 그다지 높은 수치는 아닌가 보군.'

민우의 생각이 틀리지 않았다는 듯, 진우의 제구가 조금씩 흔들리기 시작했다.

민우는 여기서 그치지 않고 몸을 움찔거리며 진우의 신경을 건드렸다.

그 결과로 1번 타자 볼넷, 2번 타자 폭투로 인한 진루로 순식간에 2사 만루가 되었다.

'아직 퀘스트가 완료되지 않았다. 그렇다는 건 득점까지 성공하면 추가 보상이 생긴다는 말이겠지? 첫 타석에서 첫 안타에 첫 득점까지 할 수 있으려나.'

민우는 타석에서보다 오히려 누상에 서 있는 지금이 더 긴장됐다.

타석에 들어서는 3번 타자는 타자 겸 감독인 박천강이었다.

[박천강, 43세]

―파워[N, 30(55%)/100], 정확[N, 28(41%)/100], 주력[N, 26(52%)/100], 송구[N, 29(12%)/100], 수비[N, 27(51%)/100].

'감독님. 이번에 하나 쳐 주세요. 부탁드립니다.'

천강의 능력치를 확인한 민우가 속으로 기도를 올렸다.

그 기도를 들었는지 모르겠지만 천강의 눈빛은 이번 기회를 놓치지 않겠다는 듯 날카로웠다. 눈빛뿐만 아니라 배트를 쥔 자세 또한 첫 타석과 달라져 있었는데, 단타성 타구를 만들겠다는 듯 배트를 짧게 움켜쥐고 있었다.

상대 선발투수인 성진우는 갑작스레 무너지는 바람에 긴장한 티가 역력했다. 모자에 푹 눌린 뒷머리에서는 한겨울임에도 식은땀처럼 보이는 무엇인가가 비치고 있었다.

슈욱! 펑!

"스트라이크!"

진우가 선택한 초구는 빠른 포심 패스트볼이었다.

자신이 유리한 볼카운트를 잡아야겠다는 생각으로 던진듯했다. 천강이 살짝 아쉬운 표정을 지었지만 이내 지우고 다시금 눈빛을 빛냈다.

슈욱! 펑!

'커브다.'

"볼!"

이번에는 천강의 몸 쪽 낮은 곳으로 휘어져 나가는 느린 커브볼이었다. 진우가 이번 경기에서 던진 첫 변화구였다.

천강의 허를 찌르기 위해 선택한 듯 보였지만 멘탈 때문인지 제구가 흔들려 크게 빠지고 말았다. 조금만 더 빠졌다면 몸에 맞는 볼로 점수를 내줄 뻔한 상황이었다.

진우는 커브가 크게 빠지자 더욱 긴장한 듯 보였다.

변화구에 자신감을 잃은 투수의 선택지는 그리 많지 않다. 그건 성진우 역시 마찬가지였다.

다시 한 번 진우의 와인드업.

다음 공은 빠른 포심 패스트볼이었다. 하지만 힘이 들어갔는지 포수가 요구한 바깥쪽 낮은 공이 아닌, 살짝 가운데로 치우쳐 들어갔다. 진우의 명백한 실투였다.

슈욱!

"헉!"

손에서 공이 떠남과 동시에 진우가 낭패한 듯 소리를 냈다.

깡!

천강의 눈이 빛나며 공의 궤적을 쫓았다. 그리고 공이 포수 미트에 빨려 들어가기 직전, 빠르게 휘둘러진 천강의 배트가 울리는 소리와 함께 공은 외야를 향해 멀리 뻗어나가기 시작했다.

민우는 홈으로 천천히 달리며 공의 위치를 쫓았다.

'제발. 한 번만 넘어가라!'

펜스를 넘어간다면 조금씩 살아나고 있던 분위기를 확실히 뒤집을 수 있는 상황이었다. 그러나 공은 외야수의 키를 살짝 넘어 펜스를 때리고 굴러 나왔다.

중계 플레이를 마친 상황에서 천강은 2루까지 도달해 있었고, 민우는 홈 플레이트를 지나간 뒤였다. 3회 초 2아웃에 주자는 2, 3루. 스코어는 2 대 0. 아쉬웠지만 플라이아웃이 아닌 것에 위안을 삼았다.

띠링!

[돌발 퀘스트—치고 달려라(사회인 야구) 결과]

—성공적으로 노히터 게임을 저지하였습니다.

—분위기를 전환하는 2루타를 만들어냈습니다.

—성공적으로 선취득점을 기록하였습니다.

—돌발 퀘스트를 우수한 성적으로 성공하였습니다.

—퀘스트 성공 보상으로 영구적으로 파워 +1, 정확 +1이 상승합니다. 50포인트가 지급됩니다.

—우수한 성적으로 성공하였기에 추가적으로 정확 +1이 상승합니다. 추가적으로 25포인트 지급됩니다.

2루에 도착한 천강이 두 손을 하늘 높이 들자 더그아웃에서 함성이 쏟아졌다.

"와!!"

"감독님 나이스 샷!!"

"휘익~ 역시 우리 감독님!!"

'좋아!'

민우 개인으로서는 실전 경험에 첫 안타에 첫 득점, 거기에 돌발 퀘스트까지 우수한 성적으로 성공했다.

오늘 하루는 아주 겹경사가 터지는 날이었다.

더 쇼의 입장에서는 야누스에 넘어가 있던 분위기를 순식간에 전환시키는 쾌거였다.

이 분위기를 그대로 이어간다면 더욱 좋은 결과가 나올 것이다. 제일 좋은 시나리오는 진우의 공을 난타해 강판을 시키는 것이다.

"아빠, 멋져요!!"

'아빠?'

민우는 더그아웃으로 향하던 중 들려오는 목소리에 무의식적으로 고개를 들어 관중석을 바라봤다. 그곳에는 20살은 됐을까 싶은 여성 세 명이 앉아서 경기장을 바라보고 있었다.

소리를 지른 여성은 그들 중 가운데에 앉아 있었는데, 눈망울이 큰 귀염상의 여성이었다. 짧은 핫팬츠에 상의에는 더 쇼의 야구 점퍼를 입고 있었는데 천강의 활약에 흥분한 모습이었다.

"누구지? 감독님 딸인가?"

"그래. 감독님 따님이시다. 예쁘지?"

민우가 더그아웃으로 들어서며 중얼거리고 있을 때, 귀신처럼 누군가 쓱 다가와 말을 걸었다.

"앗? 들으셨습니까?"

민우가 깜짝 놀라 움찔거리자, 성빈이 웃으며 하이파이브를 청했다.

"나만 들은 건 아니란다."

성빈과 하이파이브를 하며 더그아웃으로 시선을 돌리자 선수들이 어느새 다가와 하이파이브를 하며 한마디씩 했다.

"짜식, 좀 하더라? 그래도 수지는 안 돼."

"10년 동안 야구 안 했다는 것도 거짓말 아니야? 어쨌든 수지는 안 된다."

"하하!"

침체되어 있던 팀의 분위기가 민우의 2루타를 시작으로 순식간에 살아났다. 농담까지 던질 정도였으니 말이다. 그런 분위기를 느낀 민우도 마주 웃으며 시원하게 하이파이브를 날렸다.

조금 멀찍이 서 있던 찬규와 찬재가 그런 민우를 바라보고 있었다.

[강민우, 22세]

―파워[N, 27(76%)/100], 정확[N, 33(82%)/100], 주력[N, 34(57%)/100], 송구[N, 31(8%)/100], 수비[N, 29(66%)/100].

―종합 [N, 154/500]

'확실히 혼자서 연습할 때보다 경기를 뛰는 게 경험치 상승이 더 높다. 역시 실전이 중요해. 미래를 위해서라도 연습도 중요하지만 실전 경기엔 빠짐없이 참여하도록 해야겠다.'

민우는 더그아웃에 앉아 경기를 지켜보며 자신의 능력치와 경험치를 다시 한 번 점검했다.

까앙!

민우가 잠시 혼자만의 시간을 갖는 동안 4번 타자인 성민을 시작으로 내리 4연속 안타가 터졌다. 그 결과로 천강을 포함해 네 명의 주자가 다이아몬드를 돌아 홈 플레이트를 밟았다.

아무래도 한 번 흔들렸던 성진우의 멘탈이 더 쇼 타자들의 집중력을 이기지 못하고 결국엔 유리가 깨지듯 와장창 깨져 버린 듯했다.

그렇게 순식간에 점수 차가 6 대 0까지 벌어지자 야누스의 투수들은 급하게 불펜에서 몸을 풀기 시작했다.

아직도 경기는 3회 초 2아웃에 주자 1, 3루의 상황, 더 쇼의 공격이 이어지고 있었다.

한 이닝에 한 타자가 타석에 두 번 들어서는 진귀한 경우가 가끔 발생하는데 지금이 바로 그런 경우였다.

천강은 이번 기회를 놓치지 않겠다는 듯 적극적으로 성진우의 공에 달려들라는 지시를 내렸다.

타석에는 첫 타석에서 삼진을 당했던 8번 타자 김성빈이 성진우와 상대하기 위해 배터 박스로 향하고 있었다. 다음 차례인 민우도 대기 타석으로 향하려고 했다. 그때 감독이 또 한번 민우를 불러 세웠다.

"투수가 바뀌면 공에 익숙해지기까지는 시간이 걸린다. 그러니까 투수의 공이 눈에 익숙할 때 쥐 잡듯이 몰아붙여야 해. 거기다 지금 성진우는 멘탈이 무너져서 제구도 잘 안 되는 상황이니까 지금이야말로 절호의 기회다. 민우야. 한 방 날려봐라."

"네, 한 방 먹이고 오겠습니다."

민우는 대기 타석에서 공이 오가는 것을 보며 타이밍을 맞추고 있었다. 진우는 이 상황을 타개하기 위해 포심 패스트볼과 브레이킹 볼을 섞어서 던졌지만 단 하나의 공을 빼고는 스트라이크존을 크게 벗어났다.

민우가 잠시 천강의 지시를 되새기는 사이에 성빈이 볼넷으로 출루를 했고, 다시 한 번 민우의 타석이 왔다.

상황은 3회 초 2아웃 주자는 만루.

"큰 거 한 방 날려 버려!!"

"홈런 치면 내가 고기 사준다. 고기!"

민우의 타석이 되자 더그아웃이 다시 소란스러워졌다. 오늘 처음 입부한 막내가 첫 타석부터 분위기를 바꾸는 2루타를 날렸으니 그럴 만도 했다.

"오빠!! 홈런 한 방 날려주세요~"

배터 박스로 들어서던 민우는 아까 전 보았던 수지의 목소리가 들려오자 반사적으로 고개를 돌려 눈을 마주쳤다. 허공에서 눈빛이 마주치자 수지는 '꺄아~' 하는 소리를 내며 옆에 앉아 있던 친구의 등 뒤로 숨어버렸다.

덩달아 민망해진 민우는 이내 크게 스윙을 하며 잡생각을 지워 버렸다.

타석에 들어선 민우는 첫 타석과는 달리 방망이의 끝 부분을 쥐고 있었다. 자세는 앞발을 약간 홈 플레이트 쪽으로 옮겨 크로스 스탠스를 취했다. 전형적인 장타를 위한 자세였다.

자세를 잡은 뒤 진우를 쳐다보니 첫 타석에서 보였던 그 강렬했던 눈빛은 이미 사라져 있었다.

민우의 눈에 성진우는 마치 바람 앞에 흔들리는 촛불처럼 보였다.

잠시간의 기 싸움 같지 않은 기 싸움 뒤, 성진우가 와인드업 자세를 취했다.

슈웅!

"볼!"

초구는 위에서 아래로 떨어지는 커브볼이었는데 제구가 되지 않아 살짝 바운드가 되었다. 그러나 포수가 블로킹을 잘해내 공이 뒤로 빠지지 않아 주자가 뛰지는 못했다.

'역시, 노릴 건 직구다.'

성진우를 노려보니 그다지 표정이 좋지 않았다.

변화구가 전혀 제구가 되지 않아 한 타자 한 타자를 상대하는데 많은 부담을 느끼는 것이었다.

다시 와인드업 자세를 취한 진우가 공을 뿌렸다.

슈웅!

'왔다!'

이번엔 살짝 높은 쪽으로 날아오는 포심 패스트볼이었다. 민우가 놓치지 않겠다는 듯 테이크 백 동작에서 물 흐르듯 스트라이드를 내딛고 풀스윙을 했다.

까앙!

배트의 스위트스폿에 정확하게 맞은 듯, 배트는 깊고 청아한 울음을 내뱉었다.

민우는 처음 느껴보는 묵직한 손맛에 흥분한 듯 몸이 부르르 떨리는 것을 느꼈다.

'이 맛이야!'

홈런을 한 번도 쳐보지 못한 선수라도 홈런을 칠 때의 손맛은 직감적으로 알 수 있다고들 한다.

그리고 민우도 그것을 느끼고 있었다.

부드럽게 팔로우 스윙까지 마친 민우는 타구를 잠시 바라보며 오른손을 척 치켜들고는 천천히 뛰기 시작했다.

하늘 높이 날아가던 타구는 그 힘을 잃지 않고 쭉쭉 뻗어나가 멍하니 쳐다보던 우익수의 머리 위를 지나갔다.

퉁!

쭉쭉 뻗어나간 타구는 펜스를 훌쩍 넘어가서야 그 힘을 잃고 외야 그물망을 맞췄다. 일반적인 야구 경기장이라면 관중석에 해당됐겠지만 고양시 국가대표 야구장엔 외야석이 없었기에 공을 주워서 환호해 줄 사람은 아쉽게도 없었다.

하지만 민우를 향해 환호해 줄 사람은 이미 충분히 있었다.

"우와아아아!!"

"대박이다!!"

"민우 저거 물건이야 물건!"

더 쇼의 더그아웃과.

"꺄아아악!! 오빠 멋져요!!"

관중석에서 경기를 보고 있던 수지를 필두로 한 3인조가 민우의 그랜드 슬램을 축하해 주고 있었다.

천천히 그라운드를 돌아 홈 플레이트로 들어오는 민우는 흥분을 감추지 못했다.

'이 맛이구나. 이 맛에 야구를 하는 거야.'

홈 플레이트에서 민우를 기다리던 선행주자들이 민우와 하이파이브를 하며 헬멧을 두들겼다.

퍽퍽!

"이 자식, 만루 홈런을 쳐 버리면 어쩌자는 거야? 하하하."

"대단한 놈. 10년 동안 야구를 안 했는데도 이 정도면, 꾸준히 야구했으면 어떻게 됐단 소리야?"

"점마, 저거 대성할 놈이야."

꽤나 격한 축하였지만 민우는 이것도 나름 괜찮다는 생각이 들었다. 10년 전 사고로 잃었던 꿈이었는데, 기적처럼 다시 꿈을 펼칠 기회가 왔고 이렇게 사고를 쳤다.

'아버지, 지켜보고 계시죠?'

"야, 뭐야? 너 우냐? 우쭈쭈~"

민우의 눈이 뻘게지는 것을 본 재주가 살며시 다가와 민우를 안으려 했다. 잠시 감상에 젖어 있던 민우는 지금까지 보여 줬던 몸놀림 중 가장 빠른 속도로 재주의 품을 빠져나왔다.

"쳇."

그 모습에 아쉽다는 듯 입맛을 다시던 재주는 이내 그라운드로 시선을 돌렸다.

민우는 아직 몸에 남아 있는 여운을 느끼며 그라운드를 바라봤다.

3회 초 2아웃.

점수는 10 대 0이 되어 있었다. 이대로 5회까지 점수 차를 벌려놓는다면 콜드게임 승이 될 수 있었다.

야누스의 선발투수였던 성진우는 고개를 숙인 채 마운드를 바라보다가 불펜 투수로 교체가 되었다.

더그아웃으로 들어가는 성진우의 뒷모습이 왠지 쓸쓸해 보였다.

바뀐 투수를 상대로 5회까지 3점을 더 내고 2실점을 했다.

결국 최종 결과는 13 대 2로 더 쇼의 콜드게임 승.

전년도 e마켓 배 전국 사회인 야구 대회 우승 팀인 야누스는 그렇게 더 쇼에게 참패를 당한 뒤 쓸쓸히 퇴장을 했다.

민우의 이날 최종 성적은 2타수 2안타(1홈런) 4타점 2득점, 타율 1.000이 되었다.

강호를 상대로 한 대승에 박천강은 흥이 났는지 '오늘은 내가 쏜다!'고 외쳤고, 그랜드슬램이 터졌을 때와 비슷한 함성이 더그아웃에서 뿜어져 나왔다.

*   *   *

웅성웅성!

경기장에서 얼마 떨어지지 않은 고깃집.

더 쇼 야구단 선수들이 전세를 낸 듯 자리를 잡고 고기와 술을 흡입하고 있었다.

"민우야~ 자기소개 한번 해봐라~"

"그래그래~"

"휘익!"

급작스럽게 경기에 투입되어 정식으로 소개하지 못했던 민우였기에 회식 자리에서야 자신을 소개하게 되었다.

"이름은 강민우이고 나이는 22살입니다. 10년 전에 야구를 하다가 원치 않게 야구를 그만둬야 했는데 이렇게 선배님들과 같이 야구를 다시 하게 되어 기쁘기 그지없습니다."

"야야! 선배가 뭐냐 선배가. 형이라고 불러 나이 많아 보이잖아!"

"푸하하하!"

맛있는 고기와 술이라는 환상의 콜라보레이션에 분위기가 금세 달아올랐다. 술을 하지 않는 민우만이 예의상 한 잔만을 마시고는 조용히 가게 밖으로 빠져나왔다.

"어? 민우 오빠!"

민우가 밖으로 나와 보니 이미 먼저 온 손님이 바람을 쐬고 있었다.

"응?"

"저 수지예요. 박수지!"

"아, 아까 감독님 응원하고 있었죠?"

민우가 자신을 알아보자 초롱초롱하던 눈이 더욱 반짝거리기 시작했다.

"네, 맞아요! 울 아빠예요! 그나저나 아까 홈런 정말 멋있었어요!"

"아하하……."

"공이 딱 맞아서 날아가고 오빠가 배트를 던지면서 천천히 달리는데… 와, 너무 멋있어서 깜짝 놀랐어요. 진짜 프로야구 선수인줄 알았어요!"

"그랬군요. 고마워요."

수지의 과하다 싶은 칭찬에 민우는 살짝 당황한 듯 이리저리 시선을 돌렸다. 사실 민우는 22살까지 여자랑 사귀어본 적이 없는 숙맥이었다.

여자와 대화를 하는 건 편의점에서 손님과 의무적으로 하는 대화가 거의 대부분이었다. 그래서인지 귓불이 살살 달아오르고 있는 상태였다.

"오빠! 말 편하게 해요! 저 19살이에요!"

"어? 어, 응. 그럼 편하게 할게. 난 22살이야."

수지가 그 사실을 모른 채 말을 할 때마다 민우에게 다가왔고, 민우는 조금씩 뒷걸음을 치고 있었다.

그 순간.

드르륵!

"크아~ 취한다!"

"2차 가자! 2차~"

가게 문이 열리더니 덩치들이 비틀거리며 우르르 쏟아져 나오기 시작했다. 그 상황에 민우는 살짝 안도의 한숨을 쉬었고, 수지는 코를 막고 볼에 바람을 불어넣으며 불만을 표시했다.

"으에~ 술 냄새! 이제 그만 마시고 다들 집에 가요! 얼마나 더 마시려고 이래요?"

코를 막고 손을 휘저으며 내뱉은 수지의 말에 더 쇼의 선수들은 순식간에 시무룩한 표정을 지었다. 특히 천강은 딸바보인 듯 수지의 말에 멍한 표정을 지었다.

"수지야… 기쁜 날인데 딱 한 잔만 더 할게~ 응?"

"몰라~ 엄마한테 혼나도 나는 모르는 일입니다."

천강의 부탁에도 아랑곳하지 않는 수지의 모습에 더욱더 시무룩해진 선수들이었다.

마치 한 몸인 듯 동시에 시무룩해하는 그 모습을 보고 있자니 왠지 웃음이 나오는 민우였다.

'이렇게 보니 또 가족 같은 팀인 것 같네. 하하.'

민우는 조금은 늦었지만 자신의 첫 타자 커리어를 화려한 성적으로 장식했다는 것에 몹시 만족했다. 물론 지명타자여서 공격에만 참여한 것이 전부였지만, 시작이 반이라고 했다.

사회인 야구의 특성상 선수들이 가정사 때문에 불참하는 경우도 부지기수였다. 하지만 자신은 여자 친구도 없었기에 그런 제약이 거의 없는 것이나 마찬가지였다. 기다림의 시간도 그리 길지 않을 것이었다.

이제 첫 단추는 순조롭게 끼웠다.

다음 경기, 그 다음 경기도 순조롭게 이어져서 하루 빨리 꿈을 이루길 바랄 뿐이었다.

제5장

중견수 출장

첫 경기의 여운이 채 가시기도 전에 민우는 일상으로 돌아왔다. 몸은 일상으로 돌아와서 편의점에서 아르바이트를 하는 처지였지만, 마음만은 아직도 경기장에 가 있는 민우였다.

10년 만에 다시 경험한 진짜 야구.

편의점 카운터에 앉아 상상만 하던 것이 현실이 되었다. 단두 타석에 섰을 뿐이지만 호쾌한 2루타와 홈런을 날렸던 그 손맛이 아직도 여운을 남기고 있었다.

민우는 기적처럼 찾아온 이 기회를 놓칠 생각이 없었다. 아직은 사회인 리그에서 뛰는 수준이지만 최종적으로는 프로가 되어 꿈을 이루고 가장으로서의 역할을 하는 것이 목표였다.

그렇기에 사회인 리그에서 2루타와 홈런을 쳤다고 자만할 생각은 전혀 없었다. 아르바이트를 하는 시간과 잠을 자는 시간을 제외하고는—그래 봐야 6시간 남짓이지만—헬스장에서 살다시피 하고, 산을 오르내리며 능력치를 올리는 것에 주력했다.

"알바 시간을 줄여야 하나……."

쪼개고 쪼개도 모자란 시간 때문이었을까.

그렇게 다음 경기가 열릴 주말을 기다리는 일주일이라는 시간은 순식간에 지나갔다.

*　　　*　　　*

"형님들, 안녕하세요!"

경기장에 도착한 민우가 먼저 도착해 있던 천강을 필두로 한창 수비 연습을 진행 중이던 선수단을 향해 힘차게 인사를 했다.

"오~ 우리 귀염둥이 왔어?"

그중 제일 먼저 반겨주는 이는 다름 아닌 류재주였다.

재주는 민우를 향해 쪼르르 달려와 양팔을 활짝 벌렸다. 그러나 민우는 그런 재주의 양팔을 자연스럽게 피하며 다른 선수들에게 하나하나 인사를 했다.

재주는 그런 민우의 뒷모습을 바라보며 슬픈 표정을 지었으나 아무도 신경 쓰지 않았다.

"민우야, 너 제일 자신 있는 포지션이 어디냐?"

천강이 민우에게 다가오자마자 질문을 던졌다.

"음……. 딱히 어디가 자신 있다고 말할 처지가 아니네요."

"그래?"

"네, 저번에도 말씀드렸다시피 10년 전에 야구해 본 게 전부여서요."

사실 그랬다. 민우가 10년 전 사고를 겪지 않았더라면 지금까지 꾸준히 야구를 했을 것이다. 코치진은 민우의 장점과 단점을 파악해서 민우에게 가장 잘 맞는 포지션을 찾아서 체계적으로 가르쳤을 것이다.

사실 민우가 당장 어느 포지션을 정하기도 뭐한 것이 이제 겨우 한 경기만을 뛰었을 뿐이었다. 그것도 지명타자로 뛴 것이 전부였다.

수비 경험은 전무하다시피 했다.

"흠… 일단 몸 풀고 있어봐."

"네."

"같이 가~"

민우가 몸을 풀기 위해 러닝을 시작하자 재주가 그런 민우의 뒤를 쪼르르 쫓아갔다.

"흠… 민우를 어느 포지션에 넣을까?"

그런 민우를 바라보던 천강에게 성민이 쓱 하고 다가왔다.

"감독님. 무슨 고민을 그렇게 하세요?"

"어, 성민아. 민우를 어느 포지션에 넣어야 할지 고민이 돼서."

"아~ 그렇네요. 저번 경기에선 오자마자 지명타자로 넣으셔서 수비에 대해서는 일체 못 봤죠."

"그렇지. 개인적으로는 저번 경기 때 보니 발도 빠르고, 센스가 있는 것 같아서 중견수로 키우면 잘 어울릴 것 같은데. 네 생각은 어떠냐?"

천강은 잠시 생각을 정리한 뒤 성민에게 넌지시 물었다. 성민은 천강의 설명을 듣고는 고민하는 듯한 표정을 지었다.

"그렇네요……. 그런데 중견수는 좌우를 잘 어우르는 수비 능력도 중요하지만, 제일 중요한 건 튼튼한 어깨에서 나오는 송구 능력이잖아요."

"그렇지."

성민의 이야기를 들은 천강 역시 고개를 끄덕거리며 대답했다.

"민우 녀석 워밍업 끝나면 테스트해 보죠."

그렇게 천강의 고민은 간단히 해결됐다.

천강과 성민이 자신의 거취에 대해 논의하고 있는 동안 민우는 워밍업을 마친 뒤, 외야에서 재주와 50m 캐치볼을 하고 있었다.

"민우야!"

한창 캐치볼을 하며 구슬땀을 흘리고 있던 민우는 멀리서 자신을 부르는 소리에 고개를 돌렸다.

"네!"

"홈으로 송구 한번 해봐!"

"네!"

마침 민우가 캐치볼을 하면서 자리를 잡고 있던 곳이 중견수 수비 위치였기에, 성민은 긴 설명을 할 것 없이 홈 송구를 주문했다.

민우는 재주에게 던지려던 것을 방향을 바꿔 홈에 있는 성민을 향해 힘차게 공을 뿌렸다.

슈욱!

그렇게 민우의 손을 떠난 공은 빨랫줄처럼 뻗어나가다가 투수 마운드 부근에서 힘을 잃고 바운드되고 말았다.

턱!

바닥에 부딪히고 한 번 튀어 오른 공이 성민의 미트로 빨려 들어갔다.

그 모습에 마스크 너머로 보이는 성민의 표정은 의외라는 듯한 표정으로 바뀌어갔다.

'생각보다 나쁘지 않은걸?'

거의 10년을 쉬었음에도 외야에서 홈 플레이트 앞까지 빠르게 날아오는 송구의 질은 꽤나 괜찮은 편이었다.

체계적인 교육을 통해 단련되지 않은 어깨라는 것을 생각한다면 꽤나 고무적인 결과였다.

게다가 민우의 어깨가 아직 싱싱한 만큼, 지금보다 더 성장할 가능성이 높다는 의미이기도 했다.

"어때요? 감독님?"

성민이 민우에게 다시 공을 던져준 뒤 천강을 바라보며 말했다. 천강 역시 비슷한 생각을 하고 있었는지 긍정의 표현으로 고개를 끄덕였다.

'가능성은 충분하다.'

그렇게 몇 번의 공이 더 오고간 뒤, 오늘 경기의 라인업이 정해졌다.

2번 타자, 중견수, 강민우.

한 경기 만에 환상적인 타격을 보여준 덕에 9번에서 2번으로 타순이 수직 상승했다.

민우의 두 번째 경기 상대는 1부 리그에서 상당한 약체로 손꼽히는 배드볼 히터즈 야구단이었다.

그 이름에 걸맞게 높은 공 낮은 공을 가리지 않고 배트를 휘두르는 타입이라 타율은 상당히 낮아서 하위권에 랭크된 것이다. 다만 그 팀원들이 하나하나가 강력한 펀치력을 소유하고 있기에 운이 나빠서 배트에 한번 걸리면 타구가 펜스를 넘어가는 일이 부지기수인 팀이었다.

한마디로 펀치력 올인 팀이었다.

팀 특성이 상당히 독특한 것이다. 만약 일발장타 능력이 없는 팀이었다면 1부 리그에서 버티지 못했을 팀인 것이다.

마운드에서 몸을 풀고 있는 상대 선발은 기록지 상으로 비선수 출신의 우완투수였다. 나이는 39라고 적혀 있었는데 동안인지 액면가는 30대 초반으로 보였다. 그런데 비출(비 선수 출신)임에도 평균 속구 구속이 120㎞, 최고 구속 126㎞를 찍은 적이 있는 강견으로 기록되어 있었다.

"저 투수, 공이 상당히 빠르네요?"

투수의 연습 투구를 바라보던 민우가 입을 열자 옆에서 같이 지켜보던 성민도 고개를 끄덕거리며 입을 열었다.

"그렇지? 나도 작년에 딱 한 번 상대해 본 게 전부인데… 그 당시엔 120㎞도 안 나왔던 걸로 기억하거든."

성민의 말에 민우가 의외라는 듯 눈이 동그래졌다.

"그래요?"

"어. 그런데 그동안 어디서 무슨 훈련을 했는지 구속이 상당히 빨라졌네. 저런 사람들이 제일 무서운데 말이야. 뒤늦게 야구에 눈떠서는 열정으로 가득 차서 어디가 끝인지도 잘 모르니까. 오늘 긴장 좀 해야겠다."

말을 끝낸 성민이 방망이를 챙겨 타격 연습을 하러 발걸음을 옮겼다.

성민의 말을 듣고 다시 상대 선발을 쳐다본 민우는 이내 정신을 집중했다.

[신수창, 39세]
—구속[B, 41(63%)/100], 제구[N, 30(12%)/100], 멘탈[N, 33(65%)/100], 회복[N, 32(44%)/100].
—종합 [N, 136/400]

'성진우 선수와 비교해 보면 구속과 제구는 떨어지지만 멘탈은 약간 높고 회복력은 훨씬 좋다. 하지만 그뿐. 그다지 어렵지는 않겠어.'

성민의 말을 듣고 잠시나마 살짝 긴장했던 민우였다. 그러나 상대 선발투수의 능력치를 보니 충분히 상대가 가능할 것 같다는 생각이 들었다.

지난번 경기에서 돌발 퀘스트를 성공적으로 완료했기에 능력치의 상승을 이뤘고, 지난 일주일간 놀고만 있었던 것이 아니었기 때문이다.

또한 능력치 상승의 가장 좋은 점은 능력치에 따른 보정 효과가 발생한다는 것이다.

민우에게는 다른 사람들에게는 없는 특별한 능력이 있다. 그렇기에 다른 사람들보다 더더욱 앞서 나갈 수 있다고 생각했다. 순식간에 생각을 마치자 약간이나마 했던 긴장이 풀렸고 가벼운 마음으로 타격 연습에 들어갈 수 있었다.

이번 경기는 더 쇼 야구단이 홈, 배드볼 히터스가 어웨이로 정해졌다. 선공은 어웨이 팀인 배드볼 히터스부터 시작되었다.

민우의 입장에서는 중견수로 출장하게 되는 첫 번째 경기였기에 의미가 남달랐다.

야구에서 중견수의 역할은 좌우를 아우르는 큰 폭의 수비 범위와 빠른 판단 능력, 그리고 그를 뒷받침해 줄 빠른 발이 필수 조건이라고 할 수 있다.

한마디로 외야 수비의 중심축이라고 할 수 있는 것이다.

오늘 이 경기는 민우의 중견수로서의 가능성들을 살피는 자리인 것이기에 타석에서와는 또 다른 긴장감을 느꼈다.

그렇게 경기가 시작되었다.

더 쇼의 선발투수는 중학교 선수 출신의 김성우였는데 120㎞의 사회인 야구치고는 빠른 직구와 90㎞에서 110㎞를 넘나드는 커브의 완급 조절이 일품인 선수였다.

눈에 익지 않아서일까.

배드볼 히터즈의 타자들은 눈앞에서 뚝 떨어지는 성우의 커브에 속수무책으로 배트를 휘둘렀고 삼진 2개와 땅볼 하나를 헌납하고 말았다.

1회 초에는 아쉽게도 외야로 뻗어오는 타구가 없어 손맛을 보지 못하고 이닝이 마무리 되었다.

1회 말.

더 쇼의 공격 이닝이 돌아왔다.

배터 박스에는 1번 타자 유격수 류재주가 배트를 붕붕 휘두른 뒤 자세를 잡고 있었고, 이번 경기에서 2번 타자를 맡게 된 민우는 대기 타석에서 그 모습을 바라보며 타이밍을 잴 준비를 하고 있었다.

잠시 공중에서 재주와 수창의 눈빛이 마주쳤다.

포수의 사인에 고개를 끄덕인 수창이 와인드업 자세를 취하고는 부드럽게 공을 뿌렸다.

슈웅!

픽!

"스트라이크!"

투수의 손을 떠난 공은 빠르게 날아와 포수 미트에 꽂혔다. 초구는 낮은 코스로 바깥쪽에 꽂히는 포심 패스트볼이었다.

재주는 초구를 건드리지 않고 흘려보냈다.

'던질 줄 아는 변화구가 슬라이더 하나라고 했던가?'

민우는 로진백을 매만지는 수창을 보며 변화구를 어느 수준으로 던질지 궁금증이 생겼다.

민우가 그런 생각을 하는 사이 수창은 글러브 속으로 그립을 매만지며 포수와의 사인 교환을 끝냈다. 그리곤 와인드업 자세를 취한 수창이 공을 뿌렸다.

슈웅!

펵!

"볼!"

수창은 마침 민우가 기다리던 슬라이더를 보여줬는데 재주의 몸 쪽에서 홈 플레이트 쪽으로 꺾여 들어가는 횡 슬라이더의 궤적을 보였다.

그러나 그 궤적이 밋밋한 감이 없지 않았고 제구가 잘 안되는지 낮은 쪽으로 크게 빠져 버렸다.

'슬라이더 제구가 잘 되지 않는 건가? 그다지 위협적이지는 않아 보이네.'

민우가 그렇게 생각하는 동안에도 재주와 수창의 대결은 계속됐다.

이어서 3구와 4구를 연속으로 슬라이더를 던졌으나 모두 빠져 볼로 선언이 됐다.

볼카운트는 3볼 1스트라이크. 투수에게 불리한 카운트였다.

다시 투수가 와인드업 자세를 취한 뒤 공을 뿌렸다.

슈웅!

펵!

"볼! 볼넷!"

수창은 초구 스트라이크를 잡아놓고도 도망가는 피칭을 하는 바람에 결국 재주를 볼넷으로 내보내게 되었다.

심판의 볼 사인과 함께 재주가 방망이를 내려놓고는 1루로 천천히 뛰어나갔다.

드디어 민우의 차례가 돌아왔다.

배터 박스로 들어서며 민우는 배트를 두어 번 크게 휘두르며 조금이나마 남아 있던 몸의 긴장을 풀어냈다.

'연속으로 볼 네 개를 던졌으니 일부러라도 스트라이크로 넣을 확률이 높겠지. 한번 노려보자.'

조금 전 재주와 수창의 대결을 지켜본 민우는 자신의 타석에서 들어올 볼 배합에 대해 조금씩 고민하고 있었다.

이내 고민을 끝마친 민우가 스퀘어 스탠스를 취하며 발을 살짝 땅에 찍었다. 그리고 움켜쥔 배트를 몇 번 문지른 뒤 준비가 다 되었다는 듯 투수를 노려봤다.

'덤벼라!'

잠시 민우의 거친 눈빛을 바라보던 수창은 포수와 사인을 교환했다.

'또 볼을 내주면 안 돼. 스트라이크존, 빠른 공으로.'

포수가 미리 정해둔 수신호를 보내자 수창이 고개를 끄덕이고는 와인드업 자세를 취했다.

슈웅!

연속해서 볼을 4개나 뿌린 것이 부담이 되어서일까.

수창이 뿌린 공은 포심 패스트볼이었는데 코스가 다소 정직하게 가운데로 몰린 스트라이크 코스였다.

'역시!'

깡!

'윽.'

민우는 예상대로 스트라이크 코스로 날아오는 공에 고민 없이 배트를 힘차게 휘둘렀다. 그러나 수창의 던진 속구의 무브먼트가 예상보다 지저분했고, 배트의 스위트스폿을 살짝 빗겨 맞고 말았다.

결국 민우의 의도와는 다르게 타구가 높게 뜨지 못하고 살짝 낮은 코스의 3루 방향 직선타가 나오고 말았다. 그러나 불행 중 다행으로 타구를 쫓아 슬라이딩을 한 3루수의 글러브를 아슬아슬하게 피한 타구는 파울라인을 타고 외야로 데굴데굴 굴러가기 시작했다.

민우의 타격과 동시에 재주는 스타트를 끊어 2루를 돌고 있었고 민우 역시 빠르게 1루를 돌아 2루로 내달리기 시작했다.

그제야 배드볼 히터즈의 좌익수가 펜스 앞에서 공을 주웠는데 중계 플레이가 이루어질 때는 이미 재주는 3루에, 민우는 2루에 거의 도달한 뒤였다.

상황은 순식간에 1회 말 노아웃에 주자는 2, 3루의 더 쇼의 득점 찬스였다.

그러나 아쉽게도 3, 4, 5번 타자가 연속으로 3루 방향 내야 땅볼과 내야 플라이로 아웃되고 말았다. 후속타 불발로 아쉽게도 점수를 내지는 못했다.

2회 초가 되어 다시 민우가 중견수 수비에 나섰다.

상대 팀 4번 타자는 성우의 공에 손쉽게 삼진으로 처리되고 5번 타자가 타석에 들어섰다.

민우는 이번에도 외야로 공이 뻗어오지 않을까 괜한 걱정을 하고 있었다.

그 순간.

깡!

성우가 뿌린 슬로커브에 배드볼 히터즈의 5번 타자가 힘차게 배트를 휘둘렀고 공이 높이 솟아올라 2루를 넘어 외야로 날아오기 시작했다.

그와 동시에 민우의 시야 상단에 그동안 보이지 않았던 초록색 화살표가 나타났다.

'웅?'

순간적으로 나타난 화살표에 잠시 민우가 멈칫하자 화살표의 색깔이 노란색으로 변해 버렸다.

'뭐지?'

고민은 잠시였다.

일단 타구를 잡아내야 했기에 민우는 화살표를 무시하고 타구가 날아오는 방향으로 열심히 달렸다. 스타트가 늦었으나 민우의 빠른 발 덕분에 타구가 그라운드에 닿기 직전 아슬아슬하게 노바운드로 잡아냈다.

타구를 주시하며 열심히 달리고 있던 타자는 공이 민우의 글러브로 빨려 들어가는 것을 보고는 탄식을 내뱉고 더그아 웃으로 향했다.

"좋아!"

"꺅! 오빠~ 멋져요!!"

민우가 어려운 타구를 아슬아슬하게 잡아내자 더 쇼의 더 그아웃과 관중석에서 동시에 함성이 들려왔다.

"민우, 저 녀석. 처음인데도 꽤 하네?"

"그러게요. 저런 재능이라면 키우는 맛이 있죠."

민우는 자신을 두고 이런저런 대화가 오가는지도 모르고 공을 유격수에게 던져주고는 수비 위치로 돌아갔다.

'뭐였지? 방금 전에 그 화살표는?'

민우는 언제 나타났었냐는 듯 사라져 버린 화살표의 잔상을 지우며 고민에 빠졌다.

다만 의심되는 것은 화살표라는 것은 방향을 지시하는 것, 고로 타구 방향을 가이드 해주는 것이 아닌가 하는 생각이었다.

깡!

그런 고민을 하는 사이 또 하나의 타구가 외야를 향해 뻗어오기 시작했다.

이번에도 역시나 민우의 시야 상단에 초록색 화살표가 나타났는데, 아까와는 다르게 뒤쪽을 향하고 있었다. 민우 스스로도 타구가 외야 펜스 가까이로 날아갈 듯 보이자 몸을 돌려 펜스 쪽으로 뛰기 시작했다.

턱!

민우의 예상이 맞았다는 듯 워닝트랙 부근에서 손쉽게 타구를 잡아낼 수 있었고, 그렇게 이닝이 종료되었다.

민우가 두 번의 타구를 모두 손쉽게 처리하자 다시 한 번 더그아웃에서 놀란 목소리들이 들려왔다.

"민우 쟤 중견수 수비 처음 보는 거 맞지?"

"타격도 타격이지만, 수비도 일품이야. 정말."

3회 말, 선두 타자인 1번 타자 류재주가 2루타 성 타구를 날렸고, 외야에서 공을 더듬는 사이 3루까지 내달렸다. 그리고 다음 타자인 민우가 타석에 들어섰다.

슈웅!

깡!

민우는 첫 타석 때와 마찬가지로 수창의 초구 포심 패스트볼을 걸어 올렸고 이번에는 제대로 임팩트가 되어 1루수를 훌쩍 넘어가는 우익선상 깨끗한 2루타를 만들어냈다.

그 사이 재주가 홈으로 들어와 민우의 1타점이 기록되었다.

이후 포수의 실책으로 3루까지 진루한 민우는 3번 타자 천강의 희생플라이 때 홈을 밟아 득점까지 기록했다.

4회에는 양 팀 모두 내야 땅볼로 아웃 카운트를 잡아먹었고 소득 없이 이닝이 마무리됐다. 덕분에 중견수 방향으로 날아오는 타구가 없어 민우는 빈 글러브만 매만져야 했다.

그리고 5회 말, 다시 한 번 민우의 타석이 돌아왔다. 9번 타자인 성빈과 1번 타자인 재주가 나란히 단타와 볼넷으로 누상에 나와 있는 상황이었다.

수창은 체력이 떨어진 듯 공끝이 초반보다 조금 무뎌져 있는 상태였고, 제구 역시 흔들리고 있었다.

성빈과 재주의 타석을 지켜본 민우는 이번 타석이 기회라는 생각이 들었고 배터 박스에 들어서 크로스 스탠스를 취했다.

민우가 타격 준비를 마침과 동시에 포수가 수창에게 사인을 보낸 뒤 글러브를 아래쪽으로 깔았다.

'초구 조심. 공 한 개 보여주자. 낮은 공으로.'

사인 교환을 마친 수창이 세트 포지션을 취했다.

슈웅!

펙!

"볼!"

초구는 스트라이크존에서 공 한 개 정도 벗어나는 포심 패스트볼이었다.

포수에게 공을 건네받은 수창이 마음에 들지 않는다는 듯 고개를 갸웃하며 로진백을 툭툭 털고는 공을 슥슥 문질렀다.

잠시 2루 주자를 바라본 수창이 세트 포지션을 취한 뒤 공을 뿌렸다.

슈웅!

펵!

"볼!"

2구는 슬라이더였다. 수창의 의도는 바깥쪽에 살짝 걸치는 스트라이크를 만들려는 것이었지만 아쉽게도 제구가 되지 않은 듯 스트라이크존을 살짝 벗어나는 볼이었다.

'제구가 잘 안 되나 본데… 스트라이크를 잡으려고 한다면 애매한 공이 들어올 수도 있다.'

민우는 잠시 타임을 요청하고는 장갑을 다시 매만지고 배트를 크게 한번 휘두른 뒤 다시 타격 자세를 잡았다.

그런 민우를 바라보던 포수가 수창에게 다시 사인을 보냈다.

'큰 걸 노리고 있는 듯. 낮은 코스로 공 한 개 더 빼자.'

수창은 고개를 끄덕이고는 다시금 세트 포지션을 취한 뒤 공을 뿌렸다. 그런데 공을 뿌리는 순간 수창의 표정이 흔들렸다. 수창이 뿌린 공은 민우에겐 매우 유혹적인 궤적으로 날아오고 있었다.

수창의 명백한 실투였다.

까앙!

먹이를 노리는 매처럼 민우는 빠르게 허리를 회전시켰고 그와 동시에 배트의 스위트스폿에 수창이 던진 공이 맞아 들어갔다. 강렬한 임팩트 이후 팔로우 스윙까지 부드럽게 이루어지는 사이 타구는 힘차게 외야를 향해 뻗어나가기 시작했다.

'넘어간다!'

임팩트 순간 느껴지는 손맛은 확실히 홈런이었다.

민우는 홈런임을 직감하고 방망이를 살짝 던지며 천천히 1루로 향했다.

타구를 쫓던 우익수는 이내 타구를 쫓는 것을 멈추고는 망연히 바라볼 뿐이었다. 계속 뻗어나가던 타구는 관중석에 도달해서야 힘을 잃고 아래로 떨어졌다.

티엉!

"꺄악~ 오빠 최고!"

관중석에서 한창 응원에 열심이던 수지는 민우가 홈런을 치고 여유롭게 베이스를 도는 모습을 보며 꺅꺅거리고 있었다. 그런 수지를 잠시 바라본 천강이 고개를 절레절레 흔들었다.

"와… 민우 저 녀석. 저번 경기에서 홈런 친 게 우연이 아니었구나."

"성민아, 너 당장 선수 그만두고 스카우터로 전향해라. 그리고 저런 원석 열 명만 더 찾아서 데려와라. 사회인 야구 최강의 팀 한번 만들어보게."

"하하하! 선수 생활 열심히 하면서 물색해 보겠습니다, 형님."

더그아웃에서는 단 두 경기 만에 민우에 대한 평가가 완전히 달라지고 있었다.

6회 초, 성우의 공에 4번 타자가 삼진, 5번 타자가 땅볼로 물러나는 바람에 민우의 글러브는 공기만 잡아채고 있었다.

그리고 6번 타자가 배터 박스에 들어섰다.

깡!

6번 타자는 성우가 힘차게 뿌린 포심 패스트볼을 향해 힘차게 배트를 휘둘렀는데 애매하게 맞아버린 타구가 2루수를 넘어 떨어지고 있었다.

타자가 타격을 하는 순간, 민우의 시야 상단에 또다시 화살표가 나타났는데 이번에는 색깔이 빨간색이었다. 민우는 직감적으로 수비하기가 몹시 까다로운 타구일 것이라고 생각함과 동시에 타구를 바라보며 내달리기 시작했다.

민우가 혼신의 힘을 다해 내달리며 슬라이딩을 하는 찰나의 순간, 화살표의 색깔이 노란색으로, 초록색으로 바뀌었다.

'잡을 수 있다!'

타자가 운이 좋다면 내야수와 외야수 사이로 떨어지는 텍사스 안타가 되어 손쉽게 1루로 출루할 수 있는 상황이었다. 그러나 운이 나쁘게도 타구를 쫓고 있는 사람이 민우라는 것이 문제였다.

민우는 능력치 보정을 받는 특별한 플레이어였고 어느샌가 낙구 지점에 도달하며 슬라이딩을 한 민우의 글러브로 공이 쏙 하며 빨려 들어갔다.

그 모습을 지켜본 성우가 감탄한 듯 양손을 들고 소리를 질렀다.

더그아웃에서 그 모습을 지켜보던 더 쇼 야구단의 팀원들 역시 어리벙벙한 표정을 짓고 있었다.

"저건 사회인 야구에서 나올 플레이가 아닌데."

"타격도 잘해, 수비도 잘해. 저거 조만간 프로에서 모셔가는 거 아닌가 모르겠다."

"거참. 수지가 남자 보는 눈이 있고만."

환상적인 수비를 보여준 민우는 뒤늦게 달려온 유격수와 하이파이브를 하고는 다시 수비 위치로 돌아갔다. 그런 민우의 머릿속에서 화살표가 타구의 방향을 가이드 해주는 것일 거라는 추측이 어느샌가 확신으로 바뀌어 있었다.

이후 민우는 7회 말 공격에서 단타 하나를 추가하고 도루까지 성공시키며 전방위에서 활약을 이어갔다.

최종 결과는 6 대 2.

경기는 더 쇼 야구단의 승리로 순조롭게 끝이 났다.

지난 경기의 상대였던 야누스에 비하면 이번에 상대했던 배드볼 히터즈 팀은 그 이름에 걸맞게 더 쇼 투수 김성우의 커브에 속수무책으로 헛방망이질을 했다.

가끔 통타를 당하긴 했지만 흐름이 이어지지는 않아서 2점만을 내줬을 뿐이었다.

민우는 오늘 경기에서 홈런 하나를 포함해 4타수 4안타 4타점 2득점 1도루라는 어마어마한 기록을 거두며 타율 1.000을 유지했다.

중견수 수비가 처음이라고 볼 수 없을 정도로 실수 없는 플레이를 기록했다.

특히 빠른 발을 이용해 애매한 코스로 떨어지며 텍사스 안타가 될 뻔한 타구를 슬라이딩 캐치로 잡아낸 것이 오늘 경기 최고의 장면이었다.

제6장

신고 선수 테스트

그렇게 시간은 빠르게 흘러 2달이 지나갔다.

그사이 한해가 지나고 새해가 밝았다.

민우는 어느새 더 쇼 팀에서 빼놓을 수 없는 중요한 선수가 되어 있었다.

3경기 만에 더 쇼의 4번 타자의 자리를 꿰참과 동시에 중견수로 16경기를 뛰었다. 성적은 60타수 56안타로 타율은 무려 0.933이었다. 만약 프로 선수였다면 백지수표를 주며 원하는 금액을 적으라고 할 수치였다.

홈런은 16개를 때려내 경기당 1개의 페이스를 기록하고 있었다.

이러한 기록이 말해주듯 처음 민우를 봤을 때의 불안해하던 시선은 놀라움을 넘어 어느샌가 경외의 시선으로 바뀌어 있었다.

노는 물이 다르다고 해야 할까. 너무나 압도적인 기록에 사회인 야구를 하는 사람들에게 강민우라는 이름 석 자가 알려지는 것은 당연지사였다.

늦게 배운 도둑이 날 새는 줄 모른다고 했던가.

민우의 경기를 뛰고자 하는 갈증은 날이 갈수록 심해졌다.

하지만 사회인 야구의 특성상 주로 주말에나 경기가 가능했고, 대부분의 선수가 한 가정의 가장이며 직장인이기 때문에 평일 야간 경기는 거의 성사되기 힘들었다.

그렇기에 민우는 자신이 뛸 수 있는 한 경기, 한 경기에 혼신의 힘을 다했고 돌발 퀘스트 역시 하나도 놓치지 않았다.

경기가 없는 날에는 개인 훈련과 웨이트 트레이닝 또한 하루도 거르지 않았다.

이런 노력의 보답으로 능력치 또한 비약적인 상승을 이뤘다.

[강민우, 23세]
ㅡ파워[N, 36(41%)/100], 정확[B, 42(15%)/100], 주력[B, 43(88%)/100], 송구[N, 40(98%)/100], 수비[N, 38(79%)/100]
ㅡ종합 [N, 199/500]

처음 능력을 얻었을 때에 비하면 전체적으로 능력치가 10정 도씩 상승을 한 상황이었다.

민우는 현재보다 능력치가 더욱 낮았던 첫 경기에서 2루타 와 홈런을 때려냈다. 그 이후로 경기를 거듭할수록 엄청난 성 장을 보였고, 압도적인 성적을 기록했다.

천강의 딸인 수지는 그런 민우의 모습에 홀딱 빠져 버렸고 경기가 열리는 날이면 경기장에 꼬박꼬박 찾아와 민우를 응 원했다.

그 모습에 더 쇼 야구단의 팀원들은 '수지를 뺏기고 말았다' 며 조금 시무룩해하기도 했다.

하지만 호재만 있던 것은 아니었다.

너무도 압도적인 성적을 기록하며, 만나는 1부 리그 팀들마 다 민우에게 탈탈 털리게 되었고, 그런 기록이 계속 이어지자 타 팀에서 조금씩 불만의 목소리가 터져 나오기 시작했다.

'프로급 선수가 왜 사회인 야구를 하고 있나?'

'사회인 리그에는 어울리지 않는 선수다.'

'사회인 리그의 재미를 떨어뜨리고 있다.'

발 없는 말이 천 리 간다는 말처럼 그런 불만들은 알음알 음 한 다리씩 건너 어느새 천강과 민우의 귀에도 들어가게 되 었다.

"하아… 그래서 뭘 어쩌라는 건지."

"휴……."

연승 가도를 달리며 분위기가 좋았던 더 쇼 야구단이었다. 그러나 소문이 퍼지면 퍼질수록 팀의 분위기가 침체되었고 잘못한 게 아님에도 천강을 비롯한 팀원들은 괜히 죄지은 기분이 드는 것이 사실이었다.

소문의 주인공인 민우는 더더욱 그 소문에 신경을 곤두세울 수밖에 없었다.

"민우야, 너무 신경 쓰지 마라. 네 실력이 너무 좋아서 시기하는 거야."

"아, 저 괜찮아요, 성민이 형. 걱정하지 마세요."

성민의 위로에 애써 괜찮은 척을 하는 민우였다.

오늘도 역시나 민우를 보기 위해 경기장을 찾은 수지 역시 어떤 소문이 돌고 있는지 잘 알고 있는 상태였다.

수지는 기분 좋게 민우를 볼 겸, 경기를 보러 왔던 것인데 다들 풀이 죽어 있자 덩달아 기분이 다운됐다.

'내가 할 수 있는 일이 없을까?'

태생이 생기발랄한 수지였기에 지금의 팀 분위기가 마음에 들지 않았음은 물론이었다.

잠시 턱을 괴고 곰곰이 생각을 하던 수지는 무엇인가 떠오른 듯 눈이 동그래지며 손뼉을 딱 쳤다.

"오빠는 꿈이 뭐예요?"

언젠가 경기가 끝나고 집으로 돌아가려던 민우에게 수지가 꿈에 대해 이야기했다.

"꿈?"

"네, 꿈이요!"

꿈이라면 고민할 것도 없었다. 10년 전에 잃어버렸던 꿈을 다시 찾았으니까.

"난 프로야구 선수가 될 거야."

"프로야구 선수요?"

"그래. 만약 한국에서 불가능하다면 미국으로 가서 밑바닥부터 도전해 보려고."

"와… 오빠는 왠지 꼭 될 거 같아요! 가만. 나중에 오빠 유명해지면 얼굴 보기도 힘들어지는 거 아니에요? 아~ 저 사인해 줘요!"

민우의 대답에 수지가 눈을 초롱초롱 빛내며 어디서 꺼냈는지 모를 종이와 펜을 당당히 내밀었다.

"아빠!"

"응?"

생각을 마치고 후다닥 관중석에서 내려온 수지는 종종걸음으로 천강에게 다가가며 말을 이었다.

"아빠! 민우 오빠가 프로급 선수라며?"

"소문이 그렇지. 그게 왜?"

급하게 자신을 부르는 소리에 귀를 쫑긋 세웠더니 하는 소리가 민우에 대한 이야기라니……. 천강은 초롱초롱한 수지의 눈빛을 보고 왠지 민우에게 딸을 빼앗긴 듯한 기분이 들었다. 그리곤 자신의 신세가 괜히 처량하게 느껴져 씁쓸한 웃음을 지었다.

수지는 그런 천강의 표정변화를 알아채지 못한 채 흥분한 목소리로 말을 덧붙였다.

"아니! 아빠 프로야구 쪽에 아는 사람 많다며! 맨날 나한테 자랑했잖아!"

"응, 아!"

수지의 이야기를 듣고 또다시 '그게 뭐?'라고 말을 이으려던 천강의 뇌리에 무언가 번쩍이며 스쳐 지나갔다.

"그래 맞다. 프로급 선수가 아니라, 진짜로 프로가 될 수 있게 도와주면 되지!"

천강은 생각을 마치고는 일사천리로 일을 진행했다.

천강은 왕년에 야구 명문인 광주제일고등학교 야구부에 몸을 담았던 선수 출신이었다.

비록 만년 후보에 프로의 지명을 받지 못해 프로야구에서 뛰고 싶다는 꿈을 접어야 했지만, 프로에 진출했던 친구들과는 지금까지도 종종 연락을 주고받고 있었다.

천강은 휴대폰을 꺼내 들고는 전화번호부를 뒤적거리며 가끔씩 고민에 찬 신음을 흘렸다.

그러기를 30여 분, 천강이 무언가 결심을 내린 듯 전화번호부에서 어떤 이름을 선택하고는 통화 버튼을 눌렀다.

신호가 가길 몇 차례, 잠시 정적이 흐른 뒤 약간 가는 목소리를 가진 남자가 전화를 받았다.

―여보세요?

"어, 기태야. 바쁘냐?"

전화를 받은 남자의 이름은 길기태.

길기태는 현재 LC트윈스의 2군 감독을 맡아 팀을 이끌고 있었다.

―한창 스프링캠프 준비한다고 바빴는데, 시간이 좀 비어서 이제 좀 쉬려고. 그나저나 웬일이냐. 평소에 잘 안 하던 전화를 다 하고.

"뭐라는 거야. 내가 언제 전화를 안 했냐. 맨날 전화 안 받는 놈이 누군데."

―하하. 농담이야 농담. 여전하구나, 그 발끈하는 성격.

"윽. 그러는 너도 실없는 말장난 하는 건 여전하구만."

천강과 기태는 꽤나 스스럼없는 사이인 듯 농담을 주고받으며 근황을 묻는 등 일상적인 대화를 나눴다.

그렇게 몇 분이 지났을 즈음, 천강이 슬슬 본론을 꺼냈다.

"기태야, 요새 팀 분위기는 어떠냐."

―팀? 말도 마라. 저번 시즌에 우리 팀 잘나가다가 고꾸라진 거 알지? 7위 했다고 구단 수뇌부나 팬들이나 난리도 아니

다. LC그룹 회장 아들내미는 친히 2군 훈련장까지 행차하시더니 애들 다 보는 앞에서 나한테 면박이나 주고. 내가 1군 감독이냐? 왜 나한테까지 지랄이야! 쌍! 기껏 유망주라고 뽑아놓은 애들은 하나같이 혹사 후유증으로 제자리걸음이나 하고 있고. 휴우… 내가 여기서 뭘 어떻게 하겠냐. 신도 아니고.

민우의 이야기를 꺼내려고 살며시 던진 질문이었는데, 기다렸다는 듯 속사포처럼 쏟아내는 하소연 아닌 하소연에 천강의 말문이 잠시 막혀 버렸다.

"허허. 전화로 할 만한 얘기는 아닌 거 같구나. 그런 얘기는 술자리가 어울릴 것 같으니 조금 미뤄두고. 다름이 아니라 내가 물건 하나를 발견했거든."

─물건? 무슨 물건? 너 창업했냐?

열심히 이야기를 했더니 나중으로 미뤄 버리는 천강에게 발끈하려던 기태는 뒤에 이어지는 말에 호기심이 동했다.

"창업은 무슨. 너 내가 사회인 야구하고 있는 거 알지?"

─아무렴 알고 말고.

"우리 팀에 2달 전에 들어온 녀석이 있거든. 근데 이놈이 물건이야. 지금 타율이 9할이 넘고, 홈런은 16개를 쳤어. 도루는 30개를 넘었고."

─그런데?

"들어봐. 나이가 22살인데 이놈이 야구를 10년 만에 해본다는데, 그러니까 12살이 마지막이라는 거지. 야구를 제대로 시작한 지 2달 만에 저만큼 성장한 거야. 부지런하기도 하지만 재능이 있다는 말이지."

천강의 말을 들으며 속으로 '호오~' 하는 감탄사를 내뱉은 기태는 애써 무덤덤한 말투로 질문을 던졌다.

—그런 얘기를 나한테 하는 이유는? 그냥 너희 팀이 사회인 최강이라고 자랑하려는 건 아닌 거 같은데.

"하하, 그렇지. 솔직하게 묻자. 이 정도면 탐나는 재능 아니냐?"

—솔직히 탐난다. 지금 팀 사정에 물불 가릴 처지도 아니고 유망주 하나라도 더 필요한 상황이니까.

"그럼 데려가라."

—그래… 뭐?

"돈은 특별히 안 받을 테니까. 데려가서 한 번 키워보라고."

천강은 LC트윈스가 성적 부진을 만회하기 위해 능력 있는 새로운 피의 수혈을 필요로 할 것이라 생각했다. 그래서 기태에게 일부러 팀의 분위기를 물어 밑밥을 던졌고 기태가 그것을 물었다.

천강은 적절한 타이밍에 민우의 활약과 그 가치에 대한 이야기를 꺼냈다. 뭔가 아쉬운 사람이 뒤바뀐 상황인 것 같지만, 기태로서는 도저히 외면할 수 없는 유혹이나 마찬가지였던 것이다.

딜은 순식간에 성사되었다.

천강은 민우가 꿈꾸던 프로 선수의 길을 열어줄 수 있는 방법으로 기태를 선택했다.

기태로서는 안 그래도 쓸 만한 선수 한 명이 아쉬운 상황에서 민우가 합류하는 것은 성공하면 대박인 것이고, 혹 실패하더라도 방출하면 그만인 손해 없는 장사였다.

* * *

"네?"

"앞으로 안 나와도 된다고 했다."

레드 데빌즈와의 친선 경기는 민우의 홈런 2방으로 손쉽게 승리를 가져왔다.

경기가 끝난 뒤 민우는 기분 좋게 더그아웃에서 장비를 챙기고 있었다. 그런 민우에게 다가온 천강의 입에서 나온 청천벽력 같은 말.

그 말에 민우는 머리가 하얘져 자신이 헛것을 들은 게 아닌가 하는 착각마저 들었다.

"제가… 뭘 잘못했나요?"

왜 나오지 말라는 것인가. 그 사실을 받아들일 수 없던 민우는 천강에게 이유라도 알려달라고 되물었다.

천강은 그런 민우를 지그시 바라보더니 말 대신 잘 접혀진 쪽지 한 장을 내밀었다.

"이게 뭐죠?"

쪽지를 받아드는 민우의 손이 살짝 떨리고 있었다. 민우의 시선이 쪽지에서 다시 천강에게로 향했다.

"주소다. 다음 주 토요일에 거기에 적혀 있는 장소로 가서 가볍게 테스트 받아봐."

"테스트라니요?"

굳은 표정으로 민우를 바라보고 있던 천강이 이내 활짝 웃으며 민우를 와락 껴안았다.

"하하하! 뭐긴. 너 정식으로 프로 선수 될 수 있게 해주려고 내가 손 좀 썼다."

"…네에?"

천강의 품에 안긴 민우는 자신의 귀에 들리는 소리를 뒤늦게 인식하고는 어안이 벙벙했다.

'내가… 프로 선수 테스트를 본다고?'

민우가 아직 정신을 차리지 못하고 있을 때,

"민우, 너 이 자식! 축하한다!"

"너, 인마! 프로에서도 꼭 성공해라!"

"그나저나 우리 감독님이 진짜 마당발이셨구나. 프로에 연줄이 다 있으시고."

"뭐. 그 덕에 민우도 더 큰물에서 놀 수 있게 된 거 아니냐."

"오빠! 난 오빠한테 사인해 달라고 할 때 이미 프로 선수 될 줄 알고 있었어요! 축하해요!"

아무것도 모르는 척 더그아웃에서 자신들의 짐을 챙기고 있던 팀원들과, 어느샌가 더그아웃에 다가와 천강의 옆에 서 있던 수지까지. 사방에서 축하의 인사가 민우를 향해 날아들었다.

"흠. 자자, 다들 조용. 아직 확정된 거 아니니까 김칫국들 마시지 마라."

주변이 소란해지자 민우를 안고 있던 손을 풀고 물러난 천강이 사실을 정정해 주었다.

천강의 말에 무안해진 팀원들이 '민우 정도면 안 봐도 합격인데 뭘'이라며 잠시 투덜거린 뒤 부지런히 손을 놀리며 자신들의 짐을 챙겼다.

잠시 그들을 바라보던 천강은 다시 민우에게로 시선을 돌려 조용히 말을 이었다.

"물론 나도 저들의 의견에 동의하지만, 당장 무슨 일이 일어날지 모르는 것이 사람 일이요 세상일이다. 그리고 엄밀히 말하면 신고 선수 테스트라는 점 알아두고."

"네."

"그러니까 남은 기간 동안 훈련 게을리 하지 말고 몸 관리도 철저히 해서 꼭 합격해라. 그럼 나도 우리 팀에서 프로 선수가 나왔다고 자랑하고 다닐 테니까. 하하!"

"네, 감독님이 주신 기회 절대로 놓치지 않겠습니다. 정말… 정말 감사합니다."

천강의 진심어린 조언과 긴장을 풀라는 듯 던지는 농담에 민우는 그에게서 아버지 같은 따뜻함을 느꼈다.

수지는 자신의 말이 현실이 되고 기뻐하는 민우를 바라보니 내심 뿌듯한 마음이 들어 어깨가 으쓱하는 기분이었다.

천강이 민우에게 언질해 준 날이 밝았다.

날이 밝자 민우는 평소처럼 가볍게 뒷산에 올라 운동을 하고 전망대에서 상쾌한 공기를 마신 뒤 집으로 돌아왔다.

민우가 등산을 다녀온 사이 민우의 어머니는 출근을 하셔서 집 안에는 적막함만이 감돌고 있었다.

쏴아아아!

샤워기에서 뿜어져 나오는 물줄기에 몸을 맡긴 민우는 처음 천강에게 소식을 들었을 때를 회상했다.

천강에게 이야기를 듣고 난 뒤, 팀원들과 수지에게 축하 인사를 듣고, 각자의 집으로 향할 때까지도 민우는 어안이 벙벙해 자신에게 찾아온 기회가 진짜인지 천강의 장난인지 의심이 들 정도로 정신이 없었다. 심지어 자신이 경기장에서 집까지 어떻게 왔는지도, 누구랑 무슨 대화를 했는지도 기억이 잘 나지 않았다.

그 정도로 민우의 머릿속엔 온통 신고 선수 테스트에 대한 생각으로 가득 차 있었고 몸은 긴장하고 있었다.

지잉!

그렇게 지하철 좌석에 앉아 멍하니 허공을 바라보고 있던 민우의 휴대폰이 몸을 부르르 떨었다. 몸을 울리는 진동에 정신이 퍼뜩 돌아온 민우가 주머니를 뒤져 휴대폰을 꺼내 열어 보았다.

메시지 001

—오빠! 집에 잘 가고 있어요? 아까 보니까 정신이 없어 보이던데. 엉뚱한데서 내리지 말고 집에 잘 들어가요! 헤헤. 오빠 잘되면 다 내 덕이니까 나중에 성공했다고 나 잊어버리면 화낼 거예요! 그럼 파이팅! 또 연락할게요!

피식.

'녀석, 고맙다.'

문자를 보낸 것은 어느 순간부터 자신의 팬이 되어버린 수지였다.

한 경기도 빠짐없이 경기장을 찾아와 자신을 응원하는 그 모습에 내심 마음이 가고 있는 민우였기에 그런 수지의 모습이 그저 귀엽고 흐뭇했다.

예쁘고 귀여운 여자의 응원은 동성의 백 마디 말보다 남자의 힘을 더 솟아나게 한다고 했던가.

민우는 수지의 문자 한 통에 긴장되던 마음이 서서히 가라앉고 있다는 사실을 깨닫지 못하고 있었다.

한편 수지는 문자를 보내고는 민우의 답장만을 기다리고 있었다. 그런데 아무리 기다려도 민우에게서는 답장이 오지 않았다.

"우쒸. 내가 일부러 신경 써서 문자까지 보냈는데 답장을 안 주네. 뭐야 진짜."

참다못한 수지가 휴대폰을 침대 옆으로 휙 던지고는 베개에 얼굴을 묻고 발을 동동 구르며 분을 삭였다.

민우가 만약 연애를 해봤더라면 수지가 친히 보낸 문자에 정성스레 답장을 보내줬겠지만, 어쩌겠는가. 민우는 연애 한 번 못해본 내일 모레면 마법사가 될 남자였으니 기본적인 답장매너조차 모르고 있을 뿐이다.

아니, 그러고 보면 이미 마법사라고 해야 할지도 모르겠다. 야구의 마법사.

*   *   *

뚝! 뚝!

샤워를 마친 민우의 몸을 타고 물이 떨어지는 소리가 들려왔다. 수건으로 몸을 열심히 털어낸 민우가 이내 속옷을 걸친 채 밖으로 나와 전신 거울 앞에 섰다.

거울 속에 비친 민우의 몸은 상당히 건장한 체격이었다. 어디 하나 빠지지 않고 부위별로 탄탄한 근육이 자리를 잡고 있는 모양이 그동안 얼마나 피나는 노력을 했을지 가히 짐작이 되었다.

처음엔 굳은살조차 박여 있지 않아 걱정의 근원이 되었던 민우의 손에는 어느새 물집이 터졌다 아물길 반복하며 자라난 굳은살이 덕지덕지 박여 있는 상태였다.

그런 자신의 손을 바라보던 민우는 주먹을 한번 꽉 하고 쥐어보았다.

'그동안의 노력이 헛되지 않게, 응원해 주는 사람들의 기대에 걸맞게. 꼭 성공한다.'

속으로 자신만의 맹세를 한 민우는 고개를 돌려 벽에 걸린 유니폼으로 손을 뻗었다.

'나의 첫 소속 팀. 그분들이 아니었다면 나는 다시 야구를 하지 못했겠지. 테스트까지 나는 더 쇼와 함께한다.'

민우는 더 쇼 야구단의 유니폼을 챙겨 입고는 다시 한 번 거울 앞에 서서 옷매무새를 다듬었다. 이상이 없음을 확인하자 옆에 놓여 있던 야구 가방을 열어 잊은 게 없는지 다시 한 번 확인을 했다.

하나하나 확인을 하고 마지막으로 전신 거울 옆에 세워져 있던 나무 배트로 시선을 돌렸다.

나무 배트는 만들어진 지 오래된 듯 여기저기 거친 상처들이 눈에 띄었다. 그러나 누군가 정성스럽게 닦고 닦은 듯 짙은 다갈색의 본래 색깔이 그대로 살아서 윤기가 흐르는 모습이었다.

민우는 그런 배트를 조심스레 들어서 상한 곳이 없는지 손잡이부터 배트 헤드까지 천천히 살펴보기 시작했다. 그리고 민우의 시선이 배트 헤드에 이르렀을 때, 그곳에 쓰여 있는 글자가 있었다.

'Love LYJ, MW, No.73'

LYJ는 바로 민우의 어머니인 이연주의 이니셜, MW는 민우의 이니셜이었다. 73은 배리 본즈의 메이저리그 한 시즌 최다 홈런 기록인 73개를 언젠가는 깨뜨리리라는 아버지의 당찬 꿈이 담긴 숫자이며 아버지가 생전에 달았던 등 번호였다.

민우의 아버지에겐 야구는 신과 같은 존재였고, 가족들은 살아가는 이유였다. 그렇기에 힘들고 주저앉고 싶을 때마다 배트 헤드에 새겨놓은 이니셜을 보며 다시 힘을 냈고 야구를 놓지 않으신 것이었다.

하지만 10년 전, 민우의 사고와 함께 아버지는 손에 꽉 쥐고 있던 배트를 결국 놓고 말았다. 그 이후 민우의 아버지는 수시로 상자에서 배트를 꺼내 정성스레 닦고 또 닦으셨다. 언젠가 그 배트를 다시 쥘 그 날을 기다리고 계신 것처럼……

그렇게 아버지가 야구를 그만두면서 아버지의 꿈과 함께

잠들어 있던 배트가 10년이라는 긴 잠에서 깨어나 민우의 손에 쥐어져 있었다.

우연이었을까, 아버지의 배트여서일까.

민우가 아버지의 배트를 꺼내어 처음으로 힘차게 휘둘러보았을 때, 마치 자신을 위해 특별히 제작된 배트인 것처럼 민우의 손에 착 달라붙었다.

몇 번을 휘둘러보아도 스윙 밸런스가 아주 좋다고 느껴졌다. 마치 그전까지 쓰던 알루미늄 배트가 자신의 몸에 맞지 않던 것처럼 느껴질 정도였다.

'아버지…….'

처음 능력이 생긴 것부터, 신고 선수 테스트를 볼 수 있게 된 것, 그리고 지금 들고 있는 이 배트까지. 민우는 이 모두가 아버지가 자신을 위해 하늘에서 하나씩 던져주는 보물 같은 느낌이었다.

'끝까지 지켜봐 주세요, 아버지.'

모든 준비가 끝났다.

마지막으로 배트를 야구 가방에 챙겨 넣었다.

민우는 이내 집을 나서 테스트 장소인 LC트윈스 구리 챔피언스 파크로 향했다.

지하철에서 내려 다시 버스를 타고 얼마나 달렸을까.

민우의 눈앞에 드넓은 경기장이 펼쳐져 있었다. 다만 관중석이 존재하지 않고, 더그아웃도 가건물처럼 만들어진, 완전히 훈련만을 위한 경기장으로 보였다.

마침 조금 전에 훈련이 끝난 듯 LC트윈스의 2군 선수들이 여기저기로 흩어져 각자 자신들의 장구를 닦고 또 조이며 퇴근을 준비하고 있었다.

'챔피언스 파크라… 명문 야구 팀이라는 자부심이겠지.'

LC트윈스는 대한민국 굴지의 대기업이 지원하는 팀답게 90년대 2회 우승에 빛나는 강팀이었다. 다만 무슨 이유에서인지 2000년대에 들어서는 만년 하위권의 한 자리를 차지하고 있는 팀이기도 했다.

민우는 크게 한 번 심호흡을 하고는 더그아웃 쪽으로 발걸음을 옮겼다.

한창 짐을 정리하고 있던 LC트윈스의 2군 선수들은 처음 보는 유니폼을 입은 민우의 등장에 하나둘 동작을 멈추고 쳐다보기 시작했다.

그중 민우의 제일 가까이에 있던 한 선수에게 민우가 조심스레 질문을 던졌다.

"저, 죄송한데 길기태 감독님은 어디에 계신가요?"

"아, 네. 저기 저쪽에 계신 분이 길기태 감독님입니다."

민우의 조심스러운 행동과 말투에 질문을 받은 선수도 덩달아 조심스럽게 대답을 해주었다.

"아, 감사합니다."

대답을 들은 민우는 그 선수에게 꾸벅 인사를 하고는 길기태 감독을 향해 다가갔다.

선수들은 '쟨 누구지?' 하는 시선으로 한 번씩 쳐다보다가 이내 시선을 돌려 자신들의 짐을 챙겨 하나둘 경기장을 빠져나가기 시작했다.

"음, 다들 오늘도 고생했어."

"감독님도 수고하셨습니다."

"그나저나, 슬슬 올 때가 됐는데……."

"아, 그 추천받았다는 선수 말이죠? 연락을 한번 해볼까요?"

길기태 감독은 의자에 앉은 채 코치진과 이런저런 이야기를 나눈 뒤에, 민우에 대한 이야기를 하고 있었다.

"저, 길기태 감독님이……?"

자신을 부르는 소리에 기태가 옆으로 시선을 돌리자 더 쇼 야구단의 유니폼을 입고 서 있는 민우가 눈에 들어왔다.

"어, 자네가 강민우 군인가?"

"네, 제가 강민우입니다. 만나 뵙게 되어 영광입니다."

"영광은 무슨. 아무튼 반갑네."

자리에서 일어난 기태가 내민 손에 민우가 얼른 손을 맞잡고 악수를 나눴다.

민우가 기태에게 영광이라고 한 이유는 두 가지였다.

하나는 자신의 프로 선수로 가는 첫 길목에서 만난 지도자

이기 때문이었고, 다른 하나는 바로 길기태 감독이 선수 시절 이름을 날린 거포였다는 사실 때문이었다.

1997년 시즌 타율, 출루율, 장타율에서 수위를 차지해 타격 3관왕에 올랐고, 골든 글러브도 4번이나 받으며 수비에서도 위용을 떨쳤다. 또한 통산 홈런이 249개나 될 정도로 거포이기도 했다.

한마디로 90년대를 대표하는 좌타 거포라고 할 수 있었다.

"긴말 할 것 없이 간단하게 개인 테스트를 보겠네."

"네, 알겠습니다."

기다렸다는 듯 내뱉는 길기태의 말에 민우는 망설임 없이 긍정의 뜻을 전했다.

"그럼 짐 풀고 준비해서 나오게."

"네."

기태는 말을 전하자마자 코치들과 그라운드로 나갔다. 민우는 모자를 매만지고 글러브와 배트를 챙기곤 바로 그라운드로 나섰다.

민우가 가볍게 워밍업을 하고 난 뒤, 곧바로 테스트가 진행됐다.

첫 번째 테스트는 50m 달리기였다.

'혹시 퀘스트가 발동되지는 않으려나?'

퀘스트를 성공했을 때의 보상이 컸기에 이제는 툭하면 퀘스트가 발동되길 기대하는 민우였다.

준비 자세를 취하고 잠시 생각을 하던 민우는 고개를 저으며 잡념을 지웠다. 이내 주루 코치의 신호가 떨어지자마자 빠른 속도로 튀어나갔고 골을 향해 내달리기 시작했다.

타다닥!

주루 코치의 눈이 민우와 초시계를 번갈아 오가고 있었다.

휘이이잉!

민우의 몸이 잘 벼려진 칼로 변해 바람을 갈랐다. 귀로는 바람이 갈라져 스쳐 지나가는 소리가 들려왔다.

아주 짧은 시간이 지나고 민우가 골을 통과함과 동시에 주루 코치의 손에 들려 있던 초시계가 멈췄다.

초시계를 바라본 주루 코치의 눈이 살짝 커지며 길기태 감독에게 시선을 보냈다.

길기태 감독 역시 손에 초시계를 들고 있었기에 주루 코치에게 역시나 같은 시선을 보내고 있었다.

'6초 22.'

웬만큼 빠르다는 프로 선수들의 기록과도 그리 밀리지 않는 상당한 주력이었기에 그런 시선이 오고간 것이었다.

"주력은 충분히 합격이군."

기태는 천강의 '물건'이라는 말에 혹하기는 했지만 그다지 큰 기대는 하지 않고 있었다. 그런데 첫 테스트인 50m 달리기에서부터 두각을 나타내니 혹시나 하는 생각이 조금씩 생기고 있었다.

민우는 가벼운 뜀박질로 스타트 지점으로 돌아오며 코치와 감독의 표정을 살피고 있었다.

'기록이 잘 나왔나?'

민우가 다가오는 것을 본 감독은 잡념을 지우고 수비 코치에게 신호를 보내 다음 테스트를 지시했다.

고개를 끄덕인 수비 코치는 민우가 다가오자 바닥에 놓여 있던 민우의 글러브를 주워 내밀었다.

"강민우 선수. 수비 위치가 중견수라고 했던가요?"

"네, 맞습니다."

"그럼 다음은 수비와 함께 송구 능력을 보겠습니다. 외야로 나가주세요."

"네, 알겠습니다."

글러브를 받아든 민우는 잽싸게 움직여 중견수 위치로 향했다. 민우가 자리를 잡고 글러브로 주먹을 퍽하고 쳐본 뒤 코치에게 오케이 사인을 보냈다. 준비가 됐다고 판단한 코치가 외야 펑고를 시작했다.

딱!

코치가 날려 보낸 타구가 공중으로 뻗는 순간.

띠링!

[돌발 퀘스트 발동—나비처럼 날아서 벌처럼 쏘아라!(입단 테

스트)]

　─수비와 송구 테스트를 위한 외야 펑고가 시작되었습니다.

　─외야로 날아오는 타구를 단 하나도 흘리지 않고 잡아낸 뒤, 지시에 따라 정확히 송구하십시오.

　─성공 시 영구적으로 수비 +1, 송구 +1. 50포인트 지급.

　─실패 시 일주일 간 수비 −3, 송구 −3. 하루 동안 근육통 발생.

　─본 퀘스트는 리그당 단 한 번씩만 발생합니다.

　'왔다!'

　50m 달리기에서는 퀘스트가 발동되지 않았었는데 민우는 그 점이 내심 아쉬웠다. 그런데 드디어 기다리고 기다리던 퀘스트가 발동됐다.

　민우는 주먹을 꽉 쥐고는 화살표가 지시하는 대로 타구를 쫓아 달리기 시작했다. 첫 타구는 정면으로 날아오는 쉬운 타구였다.

　"3루!"

　3루에 서 있던 수비 코치가 신호를 보냈다.

　공을 쫓아 끝까지 주시하고 낙구 지점에서 가슴 앞으로 글러브를 내밀어 두 손으로 포구를 했다.

　턱!

　그와 동시에 부드럽게 스텝을 밟은 뒤 강하게 3루로 공을 뿌렸다.

슈욱!

턱!

민우의 손을 떠난 공이 빠르게 뻗어나가 어느새 3루에 서 있던 코치의 글러브로 빨려 들어갔다.

'호오.'

쉬운 타구였고, 가까운 거리이긴 했지만 스텝이나 송구 동작이 부드럽고 깔끔한 모습을 보였고, 송구도 정확했기에 기태는 내심 괜찮다고 생각하고 있었다.

'뭐, 좀 더 지켜봐야지.'

"다음!"

딱!

"홈!"

이번에는 그라운드를 타고 좌익수 쪽으로 치우쳐 굴러오는 바운드 볼이었다. 빠르게 튕겨 오르내리며 굴러오는 타구에 맞춰 민우는 스텝을 밟았다. 이윽고 코앞까지 다가온 공을 글러브를 벌려 가볍게 포구했다. 발을 멈추지 않고 몸에 탄력을 붙인 뒤 홈으로 힘껏 뿌렸다.

슈우우욱!

민우의 손에서 뿌려진 공은 빨랫줄처럼 뻗어나가기 시작했고 투수 마운드를 지나서 서서히 하강을 시작해 홈 플레이트에 도달했을 땐 포수가 잡기 딱 좋은 높이에 도달해 있었다.

홈 플레이트에서 공을 받을 준비를 하던 코치가 옆으로 단한 걸음만을 움직여 글러브를 내밀었다.

펙!

'펙'하며 글러브에 정확히 꽂히는 공에는 아직 더 뻗어나갈 수 있다는 듯 묵직함이 남아 있었다.

단 두 번의 수비와 송구를 본 것뿐이었지만 공을 받은 코치나, 그런 장면들을 몇 걸음 뒤에서 지켜보던 길기태 감독의 눈은 약속이라도 한 듯 동그랗게 떠져 있었다.

'천강이 이놈이 괜히 물건이라고 한 게 아니구나. 어깨가 아주 싱싱해.'

그렇게 몇 번의 펑고가 더 오간 뒤.

"마지막!"

딱!

코치의 마지막이란 말과 함께 라인드라이브성 타구가 우익수 방향으로 치우쳐 날아오기 시작했다. 사실 이번 타구는 길기태 감독의 지시로 일부러 잡기 어려운 타구를 날린 것이었다.

'헉!'

그 사실을 모르는 민우로서는 가슴이 철렁하는 상황이었다.

마지막이라기에 살짝 긴장을 풀고 있었는데 타구의 방향이 너무 치우쳐 있었고 궤적도 너무 낮아 금방 바운드되어 뒤로 흐를 것처럼 보였다.

민우의 시야에 보이는 화살표는 강렬한 붉은색을 띄고 있었기에 민우는 죽을힘을 다해 발을 놀렸다.

타타타탓!

'제발!'

낙구 지점 근처까지 도달한 민우가 글러브를 쭉 뻗으며 힘차게 몸을 날렸다.

촤아아아악!

공중에 떠서 잠시 날아가던 민우의 몸이 이내 지면에 부딪혔고 잔디와 마찰을 하며 슬라이딩을 했다.

잠시 뒤, 바닥을 딛고 잽싸게 일어난 민우는 조심스레 글러브를 열어보았다.

'있다!'

민우는 글러브 속에 죽은 듯이 파묻혀 있는 야구공을 확인하고는 주먹을 불끈 쥐었다.

멀리서 바라보던 길기태 감독과 코치진은 도저히 잡지 못할 것 같은 타구를 향해 민우가 몸을 날리자 내심 잡아낼 것인가 기대를 하고 있었다. 그리고 아슬아슬하게 민우의 글러브에 공이 빨려 들어가자 하나같이 '오~' 하는 소리를 내고 있었다.

분명 놓칠 것이라고 생각했던 공인데 일말의 고민 없이 내달려 몸을 날렸고, 공을 잡아내는 의외의 모습을 보였다.

길기태 감독은 민우의 그런 투지 넘치는 모습과 그 열정에 살짝 감탄하고 있었다.

'저 녀석… 투지가 있는 녀석이야. 포기할 법도 했는데 끈기도 제법이고. 아주 좋아. 맘에 드는구먼.'

어느새 길기태 감독의 마음을 서서히 빼앗고 있는 민우였다.

하지만 길기태 감독이 모르는 것이 있었다. 민우가 열정이 있는 것은 사실이었지만, 마지막까지 그런 허슬 플레이를 보인 것은 다름 아닌 돌발 퀘스트의 꿀 같은 보상을 받기 위해서라는 것을 말이다.

띠링!

[돌발 퀘스트—나비처럼 날아서 벌처럼 쏘아라!(입단 테스트) 결과]

―성공적으로 외야 펑고를 수행하였습니다.

―완벽한 홈 송구를 보여주었습니다.

―상당히 어려운 타구를 노바운드로 잡아내었습니다.

―돌발 퀘스트를 우수한 성적으로 성공하였습니다.

―퀘스트 성공 보상으로 영구적으로 수비 +1, 송구 +1이 상승합니다. 50포인트가 지급됩니다.

―우수한 성적으로 성공하였기에 추가적으로 수비 +1이 상승합니다. 추가적으로 25포인트가 지급됩니다.

'나이스!'

마지막에 운이 따라준 덕에 퀘스트를 무사히 마칠 수 있었고, 추가 보상도 받을 수 있게 되었다.

민우는 기쁨의 제스처로 공을 쥐고 있던 글러브를 힘껏 위로 뻗어 올렸다.

기태의 눈에는 그 모습이 그저 타구를 잡아내 기뻐하는 열정적인 모습으로 보였지만 말이다.

"마지막으로 타격 테스트를 하겠습니다. 준비해 주세요."

"네, 알겠습니다."

타격 코치의 지시에 따라 민우가 자신의 배트를 꺼내 들었다. 몇 번 휘둘러 본 뒤에 조심스레 타석으로 들어섰다.

'이번에도 퀘스트가 발동되면 좋겠는데……'

그런 민우의 뒷모습을 기태가 살짝 기대에 찬 눈으로 바라보고 있었다.

'준족에 수비도 흠잡을 곳이 없고, 어깨도 튼튼하다. 여기에 타격까지 된다면 더 바랄게 없는데… 과연 어떨까?'

"공은 10개를 던지겠습니다."

"알겠습니다."

'이제껏 그래왔지만… 역시 퀘스트는 하루에 한 번뿐인 건가. 아쉽지만 어쩔 수 없지. 집중하자, 집중.'

민우가 준비를 마치고 자세를 잡자 타격 코치가 마운드에 서 있던 투수 코치에게 신호를 보냈다. 투수 코치는 고개를 끄덕인 뒤, 가볍게 공을 던졌다.

딱!

민우는 부드러운 스윙을 보이며 가볍게 타구를 날려 보냈다. 첫 타구는 우익선상으로 향하는 단타성 라인드라이브가 나왔다.

딱!

그 다음 공은 중견수 방향으로 바운드가 되는 타구가 나왔다.

딱!

세 번째 타구는 좌익선상으로 포물선을 그리며 뻗어나가는 타구가 나왔다.

민우는 고개를 살짝 갸웃거린 뒤, 다시 타격 자세를 잡고 공을 기다렸다.

그리고 투수 코치가 던진 네 번째 공이 날아왔다.

민우의 허리가 빠르게 돌아가며 힘차게 배트를 휘둘렀다.

따악!

깔끔한 타격음과 함께 공이 쭉쭉 뻗어나가기 시작했다.

한참을 높이 뻗어 날아가던 타구는 이내 힘을 잃고 떨어지다가 펜스를 살짝 넘어 홈런이 되었다.

'오~'

네 번 만에 홈런을 날려 보낸 민우를 보는 기태의 눈빛이 초롱초롱해졌다.

'축이 흔들리지 않고, 빠른 허리 회전에서 나오는 강한 스윙이 꽤나 좋다. 팔로우 스윙까지 이어지는 폼도 아주 부드러워. 야구를 제대로 하기 시작한 게 고작 2달 정도라고 한 것 같은데… 나무 배트도 처음 써보는 것일 텐데 금방 큰 타구를 만들어냈다. 보면 볼수록 괜찮은걸.'

기태가 민우의 타격을 관찰하며 흡족해하고 있을 때, 몇 번의 단타성, 2루타성 타구가 더 나왔다.

타구를 바라보며 잠시 호흡을 고른 민우가 다시 자세를 잡고 마지막 공을 기다렸다.

따악!

힘차게 돌린 배트에 걸려 뻗어나가기 시작한 타구는 가볍게 펜스를 넘어 높이 솟아 있는 철조망에 '챙!' 하고 부딪힌 뒤에야 바닥으로 떨어졌다.

'역시… 나무 배트는 알루미늄 배트보다 반발력이 떨어진다더니, 생각보다 타구가 별로 뻗지를 않는구나.'

민우는 나무 배트를 처음 휘둘러본 것이기에 스위트스폿에서 조금씩 빗맞는 타구가 나왔고 그런 타구들은 멀리 뻗지 못하는 단타가 된 것이다.

사실 알루미늄 배트는 배트의 어느 부분에 맞아도 타구가 쉽게 뻗어나가는 것이 특징이기에 그동안 민우가 별 어려움

없이 쉽게 홈런을 만들어냈던 것이다.

반면 나무 배트는 반발력이 적을 뿐만 아니라 스위트스폿에 정확히 맞추지 못하면 멀리 뻗는 타구가 나오기 어렵다.

그럼에도 10개의 투구 중 2개의 홈런을 만들어낸 점은 괜찮은 성적이라 할 수 있었다.

다만 이런 점들을 알고 있는 것이 민우가 아니라 기태였을 뿐이다.

코치진은 처음 50m 달리기 테스트부터 마지막 타격 테스트까지의 기록을 적은 기록지를 다시 한 번 정리한 뒤 길기태 감독에게 전달했다.

"다들 수고하셨습니다. 내일 뵙지요."

"감독님도 고생하셨습니다."

가볍게 인사를 마친 뒤, 코치진은 각자의 집으로 발걸음을 옮겼다. 그들이 멀어지자 기태가 다시 시선을 민우에게로 돌렸다.

"자네 테스트 결과는 아주 좋네."

"감사합니다."

기태의 말에 민우의 얼굴에 화색이 돌았다. 하지만 한국말은 끝까지 들어야 하는 법.

"다만."

뒤이어 나오는 말에 민우는 다시 긴장할 수밖에 없었다.

"자네의 이런 능력들이 과연 실전, 특히 프로에서도 제대로 발휘될 수 있는가 또한 중요하네. 프로 드래프트에서 뽑아놓은 선수들도 사실 고교 야구에서는 에이스급이라고 평가를 받아서 뽑히는 거지만, 그들 중 극소수만이 프로에 적응하고 에이스라고 인정을 받지. 나머지는 그저 그런 선수로 남거나 소리 소문 없이 사라진다네."

잠시 말을 멈춘 기태가 민우를 지그시 바라봤다. 그 눈빛에 더욱 긴장을 하는 민우였다.

꿀꺽!

민우가 침을 삼킴과 동시에 기태의 말이 다시 이어졌다.

"자네 역시 사회인 야구에서는 마치 거인과 같은 존재였을 걸세. 하지만 고교와 프로에 차이가 있듯이 사회인 야구와 프로 역시 압도적인 차이가 있다고 감히 말할 수가 있네."

민우는 왠지 모르게 불안함이 느껴졌다.

마치 회사에서 면접을 본 뒤 날아오는 통보 같은 느낌이랄까. 대충 응시자의 능력은 좋으나 우리 회사와는 맞지가 않다는 식으로 끝나는 그런 통보 말이다.

"그러니까 자네는 오늘 집으로 돌아가고……."

꿀꺽!

"내일 오전 11시까지 다시 이곳으로 오게. 내일 청백전에서 실전 테스트를 진행하고 최종 결과를 알려주겠네."

"네? 네! 알겠습니다! 열심히 하겠습니다!"

이제야 얼굴에 화색이 도는 민우였다.

그렇게 기뻐하는 민우를 보자 기태 역시 흐뭇해지는 기분이었다.

'강민우. 어디 한번 열심히 해보거라!'

그렇게 길기태 감독도 자신의 짐을 챙겨 경기장을 떠나갔다. 이제 더그아웃에 남아 있는 것은 민우 혼자였다.

멍하니 하늘을 보며 서 있던 민우는 하늘에 떠있는 해를 향해 손을 뻗었다.

'아버지, 몹쓸 아들놈이 다시 한 번 야구라는 꿈을 향해 달려보겠습니다. 하늘에서 응원해 주세요.'

이내 해를 잡을 듯 주먹을 콱 하고 쥐어 보인 민우는 자신의 짐을 챙겨 경기장을 떠났다.

민우는 그날 밤, 어떻게 잠이 들었는지 어떻게 시간이 갔는지 기억이 나지 않았다. 단지 어느 순간 눈을 감았다 뜨니 따스한 햇살이 창을 뚫고 들어와 방 안을 환하게 비추고 있었다.

제7장

청백전

　민우는 사회인 야구를 처음 했을 때 이후로 오랜만에 피곤함을 느끼고 있었다.

　'잠을 잘못 잤나⋯ 컨디션이 영 아닌데.'

　누구든 평소에 생활하던 패턴이나 환경이 바뀌면 몸이 적응하는데 시간이 걸리게 마련이다.

　민우의 경우는 사회인 야구를 벗어나 진짜 프로야구를 향해 한 걸음을 내디뎌서 그런 노곤함을 느끼는 것이었다.

　민우는 몸의 노곤함을 떨쳐내기 위해 가볍게 조깅을 하며 몸을 풀어준 뒤 샤워를 해 땀을 씻어냈다.

　다행스럽게도 갓 일어났을 때보다 몸 상태는 나아졌기에

유니폼으로 환복을 하고 야구 가방을 챙겼다. 그리고 빠뜨린 것이 없는지 한 번 더 확인을 한 뒤 집을 나섰다.

민우가 LC트윈스 구리 챔피언스 파크에 도착했을 때, 시간은 아직 10시 40분이 채 안 되어 있었다.

'생각보다 일찍 와버렸네. 뭐, 늦는 것보단 일찍 오는 게 좋은 거지.'

생각을 마치고 주차장을 보니 LC트윈스 2군 선수단이 이미 도착을 했는지 구단 버스가 세워져 있었다.

입구로 들어서 그라운드를 보니 선수들이 옹기종기 모여 어떤 그룹은 타격 연습을, 어떤 그룹은 캐치볼을 하고 있었고, 투수들은 가볍게 공을 던지며 몸을 풀고 있었다.

그 모습을 보니 가만히 있기 뭐했던 민우 역시 자신의 짐을 조심스레 벤치에 내려놨다. 그리고 지하철과 버스를 타며 다시 찌뿌둥해진 몸을 풀기 위해 스트레칭을 시작했다.

"강민우 군. 벌써 왔나?"

한참 몸을 풀고 있는 와중에 목소리가 들려 돌아보니 길기태 감독이 민우를 바라보고 있었다.

"감독님. 안녕하십니까!"

"허허. 목청 한번 좋구만. 그래 반갑네."

민우의 힘이 잔뜩 들어간 인사에 길기태 감독은 허허 하며 웃음을 보였다. 그러나 언제 웃었냐는 듯 표정을 지운 길기태 감독이 다시 입을 열었다.

"자네. 오늘 청백전에서 자네의 운명이 갈리는 거야. 그러니 자네가 가진 모든 걸 보여줄 수 있도록 하게. 기회는 오늘 단 한 번뿐이니까."

"네, 명심하겠습니다."

기태의 말에 민우는 다시금 각오를 다지며 대답했다.

기태가 선수들에게 따로 민우를 소개해 주는 일은 없었다. 그저 오늘 테스트를 받는다는 사실만을 알렸을 뿐이었다.

2군 선수들은 그런 민우를 그다지 호의적으로 바라보지는 않았다.

그렇지 않아도 무한 경쟁을 계속하고 있는 것이 2군의 상황이었다.

2군은 자신의 포지션에서의 경쟁에서 두각을 나타내야 1군으로 향할 기회가 생긴다. 그 기회도 1군에서 누군가 부진하거나, 부상을 당해 어쩔 수 없이 2군으로 내려와야만 생기는 것이다.

신고 선수들은 더더욱 심했다. 한 해 평균 신고 선수들이 정식 선수로 등록되는 비율은 전 구단을 통틀어도 10% 미만이었다.

그런데 안 그래도 포화 상태인 2군에 한 명의 경쟁자가 더 들어온다는 것은 선수들에게 그다지 반가운 소식은 아니었던 것이다.

기태 역시 그것을 알기에 민우를 특별 대우해 주거나 하지 않았다.

'그다지 반가워하는 눈빛들은 아닌데……'

민우는 처음 더 쇼 야구단에 들어갔을 때가 떠올랐다.

찬규와 찬재 형제가 보내던 눈빛과 저들이 지금 자신에게 보내고 있는 눈빛이 매우 닮아 있었다.

하지만 이내 민우는 그들을 신경 쓰지 않기로 했다.

당장 자신에게 당면한 과제는 청백전에서 자신의 모든 능력을 보여주는 것이기 때문이다.

민우는 묵묵히 자신의 짐을 빈자리에 올려두고는 경기장을 천천히 달리기 시작했다.

민우가 러닝을 마치고 스트레칭을 하고 있는데 누군가의 그림자가 스윽 다가와 민우를 덮었다.

그냥 지나갔다면 민우도 신경을 쓰지 않겠지만 자신의 앞에 멈춰있는 두 발이 보였기에 민우는 고개를 들었다.

눈앞에 있는 인물은 TV에서 잠깐 본 적이 있는 인물이었다.

'LC트윈스 백업 포수… 김태곤 선수였지?'

경기를 보다 보면 선수들은 대체로 항상 인상이 굳어 있다. 그에 비해 김태곤 선수는 플레이가 잘 되지 않아도 자주 미소를 지어 보이는 긍정적인 모습을 보이는 선수였다.

LC트윈스에는 조인섭이라는 걸출한 선수가 주전 포수 자리를 꿰차고 있기에 김태곤 선수가 포수 마스크를 쓸 기회가 잘 돌아오지 않았다.

보통 자신의 자리가 불투명하고, 미래가 보이지 않을 때 사람들은 어두워지게 마련이다. 하지만 그런 상황에서도 누굴 탓하거나 하지 않고 선한 인상에 항상 웃음을 잃지 않는 태곤의 모습이 민우의 뇌리에 남아 있었다.

민우가 자신을 쳐다보자 웃는 낯으로 대뜸 손을 뻗었다.

"반가워요. 김태곤입니다."

"아, 안녕하십니까. 강민우입니다."

그 모습에 민우가 잽싸게 일어나서 태곤의 손을 맞잡아 흔들었다.

"이번에 신고 선수로 들어오신다고 소문이 돌더군요."

"네, 맞습니다. 사회인 야구를 하고 있었는데 하늘이 아직 절 버리지 않았는지 이렇게 기회를 만들어주더군요."

민우가 사회인 야구를 했다는 말에 태곤의 눈이 잠시 이채를 띠었다.

"아, 그럼 학교에서 야구를 하다가 그쪽으로 가게 된 건가요?"

"아뇨. 초등학교 때 잠시 하기는 했지만 큰 부상을 당해서 야구를 접었었습니다. 다시 시작한 지는 2달 정도 되었구요."

민우의 말이 끝나자 이번에는 태곤의 눈이 동그랗게 뜨여졌다.

"아… 그런 경우는 흔치 않은 걸로 알고 있는데, 노력을 많이 하셨나 보네요."

"네, 제 입으로 이런 말 하기는 뭐하지만, 시간이 날 때마다 연습에 매진했습니다."

민우의 정직한 대답에 태곤이 입가에 웃음을 띠었다.

"하하. 그럼 저는 투수랑 호흡을 맞추어봐야 해서 이만 가봐야겠네요. 오늘 좋은 결과 있길 바랍니다."

"네, 감사합니다."

'TV에서의 인상처럼 좋은 사람인 것 같네.'

그렇게 짧은 인사를 마치고 태곤이 떠나자 다시금 주위가 휑해졌다.

아무래도 태곤의 성격이 털털해서 자신에게 다가온 것으로 보였다. 다른 선수들은 끼리끼리 무리를 이루어 훈련을 하고 있었다.

'사회인 야구와는 느낌이 다르다. 사회인 야구는 즐기러 온 사람들이 태반인 반면, 역시 프로는 살아남기 위해서 서로가 서로를 노리고 견제하는 전쟁터 같은 느낌이 든다. 지금까지 했던 것들은 잊어버리자. 다시 초심으로 돌아가서 더욱더 노력해야 살아남을 수 있을 거야.'

민우는 그들을 보며 주먹을 불끈 쥐고 다시 한 번 다짐을 했다.

짧은 시간의 연습이 끝나고 청백전 라인업이 발표되었다.

오늘 청백전은 7이닝으로 경기를 진행한다는 코치진의 통보가 먼저 있었다.

"강민우. 청팀 소속, 포지션은 중견수, 9번 타자로 나간다. 어디 실력 한번 보여줘 봐."

"네! 최선을 다하겠습니다!"

라인업을 발표하던 수석 코치가 민우에게는 한마디를 더 덧붙였다. 이에 민우가 힘차게 대답을 했다.

순식간에 라인업 발표가 끝났다. 아까 전에 민우에게 말을 걸었던 태곤은 청팀의 8번 타자 포수로 배정이 되어 민우와 같은 팀이 되었다.

어느새 쓱 하고 다가온 태곤이 민우의 어깨를 툭툭 치고는 씨익 웃으며 포수 마스크를 쓰고 그라운드로 나갔다.

민우는 그런 태곤의 행동에 고개를 끄덕거리고는 자신의 위치인 중견수 수비 위치로 뛰어나갔다.

청팀의 선발투수는 메이저리그에서 뛴 경험이 있는 좌완 방중근이었다. 방중근은 140km중반의 포심 패스트볼을 필두로 투심, 서클 체인지업, 커브를 던질 줄 아는 다재다능한 선수였는데, 무슨 이유인지 1군이 아닌 2군에서 구슬땀을 흘리고 있는 중이었다.

이에 맞서는 백팀의 선발투수는 우완 투수인 박명헌이었다. 2006년 시즌 후 4년 40억이라는 억대의 FA계약을 터뜨렸으나 부상이 그 발목을 잡아 부상과 재활을 반복하며 2군을 전전하고 있는 선수였다.

140㎞ 후반의 포심 패스트볼과 예리하게 꺾이는 슬라이더가 주 무기였으나 부상 이후 포심 패스트볼의 구속이 떨어졌고, 밋밋해진 슬라이더가 통타를 당하면서 전성기의 모습을 보여주지 못하고 있었다.

다만 두 투수 모두 민우에게만큼은 프로로 가는 길목에서의 좋은 경험 상대라고 할 수 있었다.

'방중근, 박명헌. 모두 한 시대를 풍미했던 선수다. 1차 관문은 바로 저들이라고 할 수 있겠지.'

민우가 수비 위치에서 글러브로 주먹을 꽉 잡으며 생각했다.

"플레이볼!"

어느새 경기가 시작됐다. 청팀 선발 방중근은 빠른 직구와 타이밍을 뺏는 커브와 체인지업을 적절하게 섞어 던져 백팀의 테이블 세터진을 땅볼과 삼진으로 돌려세웠다.

그리고 1회 초 2아웃.

타석에는 3번 타자 백병호가 들어섰다. 백병호는 LC가 2년째 키우고 있는 차세대 거포 유망주인데 아직까지 기대만큼

잠재력을 터뜨리지 못하고 있어서 LC프런트의 고민이 많았다.

'아마 1루수였지? 능력치가 어느 정도일까?'

민우가 그렇게 생각하고 있을 때,

따악!

방중근의 빠른 직구를 때려낸 백병호의 배트에서 정갈한 타격음이 들려왔고 그와 동시에 타구는 민우가 있는 중견수 방향을 향해 뻗기 시작했다.

타격과 함께 붉은 화살표가 민우의 뒤를 가리키고 있었기에 민우는 고민 없이 몸을 돌려 달리기 시작했다.

쭉 뻗어 날아오던 타구는 민우가 펜스 앞 워닝트랙 근처에 도달했을 즈음에 서서히 고도를 낮추고 있었다.

'홈런인가?'

펜스에 거의 다다랐지만 민우의 시야에 있던 붉은색 화살표는 여전히 붉은빛을 띠고 있었다.

'아니, 잡아낸다!'

민우는 펜스에 도달할 때까지 타구에서 눈을 떼지 않았다. 이윽고 펜스에 도달하자 달려왔던 탄력을 이용해 펜스를 밟으며 도움닫기를 한 뒤 힘차게 점프를 했다.

턱!

털썩!

잠시 허공에 떠있던 민우가 바닥으로 떨어지며 나뒹굴었다.

'아야야!'

잠시 고통에 인상을 찌푸리던 민우가 주저앉아서는 글러브를 번쩍 들었다.

그런 민우를 지켜보던 방중근이 가볍게 두어 번 박수를 치고는 엄지손가락을 치켜세웠다.

배트에 맞는 순간 홈런이라고 생각한 백병호는 여유 있게 1루를 돌아 2루로 향하고 있었다. 하지만 그 타구를 민우가 점프 캐치로 잡아버렸다. 백병호는 홈런을 도둑맞은 허탈함에 크게 탄식을 하고는 더그아웃으로 발걸음을 돌렸다.

민우의 수비를 처음부터 끝까지 지켜보던 길기태 감독도 그 수비에 속으로 박수를 쳤다.

'저놈, 열정 하나만큼은 프로 선수 급이야. 좋은 마음가짐이다.'

경기를 지켜보던 코치진도 감탄하는 듯 보였지만 표정들이 그다지 좋지는 않아 보였다.

'저놈… 위험한데.'

길기태 감독과 코치진이 동상이몽을 꾸는 동안, 민우는 내야로 공을 토스해 주고는 조금 전 타구를 날린 백병호 선수에게 관심을 가졌다.

'으… 아파라. 그나저나 저 백병호라는 선수, 펀치력이 꽤나 대단해 보이는데. 기회가 되면 능력치를 확인해 봐야겠다.'

백병호의 힘 하나는 정말 대단했지만, 민우의 수비 또한 일품이었다.

민우의 시선은 백병호를 향해 있었지만, 모두의 시선이 자신을 향하고 있다는 걸 민우는 아직 모르고 있었다.

백팀의 첫 득점은 그렇게 민우의 손에서 수포로 돌아갔다.

잠시 뒤 다시 경기가 재개되었다.

방중근은 홈런 타구를 잡아낸 민우 덕분에 힘을 얻은 듯, 다음 4번 타자에게서 3구 삼진을 뽑아내며 자신의 건재함을 알렸다.

더그아웃으로 돌아오던 민우에게 누군가 다가와 어깨를 툭 쳤다. 고개를 돌려보니 중근이 씨익 웃으며 주먹을 내밀었고 민우도 엉겁결에 주먹을 마주 대었다.

"멋진 캐치였습니다. 테스트, 꼭 통과하세요."

짧은 한마디였지만 민우에겐 힘이 되었다.

"감사합니다."

중근은 민우의 대답을 듣고 고개를 끄덕이고는 투수 코치와 무언가 열심히 얘기를 나누기 시작했다.

민우는 이내 고개를 돌려 다시 경기에 집중하기 시작했다.

1회 말, 청팀의 공격 차례가 왔다.

백팀 선발인 박명헌도 방중근에게 지지 않겠다는 듯, 1번 타자를 4구만에, 2번 타자를 3구만에 삼진으로 잡아 순식간에 아웃 카운트를 2개로 늘렸다.

민우는 자신이 뉴스 기사로 접했던 박명헌의 소식이 와전된 것인가 하는 느낌을 받았다. 포심 패스트볼의 구속이 130㎞

후반은 나오고 있었고 슬라이더 역시 120㎞ 후반을 찍고 있었다. 꺾이는 각 또한 사회인 야구의 슬라이더는 비교하기 미안할 정도로 예리한 모습으로 타자의 타이밍을 절묘하게 빼앗고 있었다.

'듣던 것보다 구위가 꽤나 괜찮은데? 이제 완전히 회복된 건가?'

민우가 박명헌의 능력치를 보기 위해 집중을 했다.

[박명헌, 34세]
─구속[R, 62(33%)/100], 제구[R, 62(51%)/100], 멘탈[U, 71(13%)/100], 회복[R, 62(57%)/100].
─종합 [R, 257/400]

'헉!'

명헌의 능력치를 보는 순간 민우는 입이 쩍! 하고 벌어질 수밖에 없었다. 자신이 여태껏 사회인 야구에서 상대했던 투수들에 비해 대략 2배가량의 능력치를 보이고 있었기 때문이다.

'썩어도 준치라는 건가. 대단하다.'

그뿐만이 아니었다. 사회인 야구에서는 기껏해야 능력치 등급이 비기너를 넘는 사람이 리그를 씹어 먹었다. 그런데 명헌의 능력치는 대부분이 R등급이었고 멘탈은 U등급이었다.

'R은 뭐고, U는 뭐지?'

민우가 그런 생각을 함과 동시에 이제는 익숙한 설명창이 나타났다.

레어 [R, Rare, 61~70]
−전문적인 수준을 넘어 더 높은 수준을 이룬 상태.
−투수 : 구속 능력치가 레어 등급 달성 시 일정 확률로 구속이 +2㎞ 상승한다.

유니크 [U, Unique, 71~80]
−해당 분야에서 독보적인 경지를 이룬 상태.
−투수 : 구속 능력치가 유니크 등급 달성 시 일정 확률로 구속이 +2.5㎞ 상승한다.

'엄청나다. 등급이 올라갈수록 더 높은 효과가 발생하는구나.'
민우는 새로운 등급을 알게 되면서 놀람과 동시에, 막연한 두려움이 생겨났다.
'내 능력으로 과연 저 공을 칠 수 있을까?'
민우가 그렇게 고민하는 와중에도 명헌은 공을 뿌리고 있었다.
2구 연속 변화구를 보여준 뒤 타이밍을 뺏는 포심 패스트볼로 타자의 배트를 헛돌게 만들며 삼자범퇴로 깔끔하게 이닝을 마무리했다.

중근 역시 명헌의 호투에 자극을 받은 듯, 1회보다 더 힘차게 공을 뿌렸다. 그 덕에 외야로 뻗어오는 공은 나오지 않았고 손쉽게 이닝이 마무리되었다.

그렇게 소득 없는 공수 교대가 한 번씩 더 이루어졌다. 3회초까지 무안타로 0 대 0의 팽팽한 접전이 계속되었고 3회 말 청팀의 공격이 시작되었다.

선두 타자는 공 3개로 삼구삼진을 당하고 순식간에 8번 타자인 김태곤의 차례가 왔다.

9번 타자인 민우는 대기 타석에 들어서 배트에 스프레이를 뿌리며 김태곤의 모습을 주시했다.

[김태곤, 22세]
—파워[N, 38(71%)/100], 정확[B, 44(1%)/100], 주력[N, 39(83%)/100], 송구[B, 45(38%)/100], 수비[B, 43(29%)/100].
—종합 [N, 209/500]

'어라?'

민우가 의외라는 표정을 지었다. 그런 이유는 다름 아닌 투수 능력치에 비해 생각보다 낮은 태곤의 능력치 때문이었다. 민우의 능력치와 비교해 보아도 얼마 차이가 나지 않았기에 더욱 놀란 것이었다.

민우는 이제 야구를 시작한 지 2달 정도가 지났을 뿐이다. 태곤은 아마 초등학교 때부터 야구를 했을 테니 둘의 격차는 10년이 넘는다고 할 수 있다. 그런데 태곤의 능력치가 의외로 낮았다.

'돌발 퀘스트의 유무 때문이겠지.'

사실 민우는 경기를 뛰면서 얻은 경험치보다, 돌발 퀘스트로 올린 능력치가 훨씬 많았다.

당연한 얘기지만 다른 사람들은 그런 능력치의 존재를 모르고 있었기에 민우의 모습은 그저 천부적인 재능을 가진 것으로 보였다. 뭐, 사실 재능이 없었다면 능력치가 생겼다고 해도 제대로 활용하지 못했겠지만 말이다.

하지만 돌발 퀘스트가 없었다면?

민우가 지금의 능력치로 성장하는 데는 족히 1~2년은 걸렸을 것이다.

'역시, 퀘스트는 단 하나도 놓쳐서는 안 돼.'

퍽!

"스트라이크!"

잠시 자신만의 세계에 빠져 있던 민우를 깨우는 소리가 들려왔다. 명헌이 뿌린 포심 패스트볼이 태곤의 배트를 크게 벗어나 포수의 미트에 꽂힌 것이다.

더그아웃에서 볼 때와는 또 다른 느낌이었다.

'타석에 들어서면 더 강하고 빠르게 느껴지겠지.'

다음 타석이 바로 민우의 첫 타석이었기에 민우는 명헌의 투구에 집중했다.

'빠른 포심 패스트볼과 결정구로 주로 쓰이는 슬라이더. 2가지 구종만으로도 충분히 타자를 윽박지르고 있다. 이유가 뭐지?'

앞선 타자들에게 결정구로 던진 공은 대체로 슬라이더였다.

'그렇다면 이번에는?'

현재 카운트는 1볼 1스트라이크. 타자인 태곤에게 불리한 카운트였다.

잠시 숨을 고른 명헌이 와인드업 자세를 취한 뒤 부드럽게 공을 뿌렸다.

'포심? 슬라이더?'

분명 궤적은 포심처럼 쭉 뻗어 날아오고 있었다. 그런데 태곤이 배트를 돌리는 순간, 궤적이 살짝 떨어지며 태곤의 배트를 아슬아슬하게 빗겨나가 포수 미트로 빨려 들어갔다.

'뭐… 뭐지?'

민우도 후에야 알게 되지만 박명헌은 두 종류의 슬라이더를 던졌다.

하나는 손목을 꺾어 던지는 슬라이더로 130㎞ 초반의 구속으로 타자 앞에서 각이 크게 꺾인다.

다른 하나는 손목을 꺾지 않고 직구를 던지듯 힘을 주고 던지는 슬라이더로 직구보다 3~4㎞ 느린 구속으로 타자 앞에서 살짝 떨어지는 궤적을 보인다.

그중 지금 태곤에게 던진 것이 바로 후자의 살짝 꺾이는 슬라이더였다.

'높은 직구처럼 보였는데 홈 플레이트 가까이에서 아래로 궤적을 틀었다. 포크볼인가? 아니야. 각도가 너무 밋밋했어.'

명헌이 던진 공 하나에 민우는 생각이 많아지기 시작했다.

펑!

스트라이크 아웃!

그라운드를 울리는 심판의 목소리에 퍼뜩 정신이 들어 타석을 보니, 태곤이 헛스윙 삼진으로 아웃 카운트를 하나 더 늘린 뒤 터덜터덜 들어오고 있었다.

민우는 배트를 크게 한 번 휘두른 뒤, 배트 링을 빼내고 배터 박스로 향했다.

크게 심호흡을 한 번 하자, 그 모습을 본 태곤이 어깨를 툭 치고는 더그아웃으로 들어갔다.

"아자아자!"

배터 박스에 들어서기 전 크게 소리를 지르자 백팀의 젊은 포수가 잠시 민우를 쳐다보더니 다시 시선을 돌렸다.

길기태 감독도 기대 반 걱정 반으로 민우를 바라보고 있었다.

"저 녀석, 기합 하나는 제대로 들어가 있군."

"하지만 기합만 가지고는 안 되는 게 많죠."

기태의 말에 옆에 있던 타격 코치가 그 말을 받았다.

"흠, 나찬엽 코치님의 말씀에도 일리가 있지요. 하지만 저 녀석, 타격 테스트를 할 때 보니 자세도 제대로 잡혀 있고 허리 회전도 평균 이상이었습니다. 가능성이 있다는 말이지요."

기태의 말에 찬엽이 고개를 끄덕거리고는 이내 말을 이었다.

"그 점은 저도 동의합니다. 하지만 사회인 야구와는 구위 자체가 다르죠. 지속적으로 느린 공만 상대하며 익숙해진 눈과 몸이 과연 프로의 공에 제대로 반응을 할 수 있을까 싶습니다. 특히 변화구에 대한 대처 능력은 말이지요."

"하하. 이번 타석을 지켜보면 그에 대한 답이 나오겠군요. 한번 지켜봅시다."

기태와 찬엽의 대화는 거기서 끝났고, 둘은 다시 민우에게로 시선을 돌렸다.

민우는 처음 사회인 야구를 시작하고 첫 타석에 들어섰을 때의 떨림, 아니, 그때보다 더 큰 떨림이 느껴졌다.

'이 관문만 통과하면, 정말 프로가 코앞이다. 쳐 내자!'

마음속으로 한 번 더 다짐을 한 뒤, 배터 박스에 들어서 자세를 잡았다.

타격 자세는 모든 공에 대처할 수 있도록 배터 박스의 가운데쯤에서 무난한 자세인 스퀘어 스탠스를 취했다.

사회인 리그에서 뛸 때는 민우의 능력에 비해 구속도 떨어지고, 변화구도 밋밋했기에 거의 크로스 스탠스를 취해 큰 타구를 많이 날려 보냈었다. 느린 구속 덕택에 판단이 조금 늦더라도 쉽게 타격이 가능했었다. 그 덕에 사회인 리그에서는 민우는 거포형 타자로 이름을 날린 것이다.

하지만 조금 전 명헌의 빠른 직구와 변칙적인 슬라이더를 보고서 아직은 크로스 스탠스를 취할 때가 아니란 생각이 들었다.

프로급의 공에 대해 조금 더 눈에 익고, 민우 자신의 실력이 더 높아진 뒤에 다시 자신의 스탠스로 가져갈 생각이었다.

'첫 타석은 최대한 지켜보자.'

민우는 첫 타석에서 명헌의 공을 최대한 눈에 익히려고 마음을 먹었다.

심판의 콜이 떨어지고 명헌이 포수와 사인을 교환했다.

'저 녀석, 이번에 신고 선수 테스트를 본다고 했지. 사회인 리그에서 뛰다가 오는 경우는 처음 보는데.'

명헌이 민우에게로 시선을 돌렸다. 명헌의 시선에 민우는 살짝 긴장한 듯 보였지만 눈빛만큼은 매섭게 살아 있었다.

'눈빛 하나는 좋군. 그래도… 봐줄 수는 없지.'

이내 고개를 끄덕거린 명헌이 와인드업 자세를 취하고는 부드럽게 공을 뿌렸다.

슈욱!

픽!

"스트라이크!"

명헌의 손을 떠난 공이 빠르게 쏘아져 포수 미트에 꽂혔다.

'빠르다. 바깥쪽 낮은 코스. 포심.'

민우는 잠시 배터 박스에서 물러나 심호흡을 한 뒤, 명헌을 바라보며 생각했다.

민우가 다시 배터 박스로 들어와 타격 자세를 취하자, 명헌이 다시 한 번 공을 뿌렸다.

슈웅!

픽!

"스트라이크!"

'아까 태곤에게 던졌던 그 공! 조금 전엔 분명… 슬라이더 그립이었다.'

바깥쪽 높은 코스로 오는 듯 보이던 공은 홈 플레이트 근처에 도달할 즈음 궤적을 살짝 꺾어 스트라이크존으로 들어왔다.

순식간에 볼카운트는 노볼 2스트라이크로 민우에게 압도적으로 불리해졌다.

"배트를 내밀지도 못하는군요."

더그아웃에서 민우를 바라보고 있던 찬엽이 먼저 입을 열었다.

"흠… 전성기가 지나긴 했지만, 명헌은 노련한 투수지요. 민우의 테스트 상대로는 레벨이 너무 높을지도 모르겠네요."

찬엽의 말을 들은 기태는 고민하는 듯한 몸짓으로 말을 이은 뒤 다시 민우에게로 시선을 돌렸다.

하지만 이들의 생각과는 다르게 민우는 몸이 굳은 게 아니었다.

'사회인 야구에서 좀 던진다 하는 투수들의 직구보다 빨라. 역시 프로는 프로다. 하지만 능력치가 생각보다 높을 뿐, 아예 못 칠 정도는 아니다.'

민우가 이런 생각을 하는 이유는 자신의 능력치에 따른 보정치가 존재했기 때문이다.

민우의 현재 정확 능력치는 42. 사회인 야구리그를 처음 접했을 때보다 2배 정도 성장을 한 수치였고, 보정치 중 동체 시력이 +8.4%, 홈런확률 +4.2%, 안타확률 +12.6%가 각각 적용되고 있었다.

보정치는 절대적인 수치는 아니었다. 하지만 아예 영향이 없는 것 또한 아니었다.

일례로 명헌의 공이 실제 스피드건에 찍히는 구속은 140㎞를 넘나드는 수준이었다. 그러나 민우가 체감하기에는 130㎞ 초중반 정도로 느껴지고 있었다. 이것이 바로 동체 시력에 의한 보정 효과의 결과였다.

이로 인해 민우는 투수가 던진 공에 대해 다른 선수들에 비해 0.1초라는 엄청난 시간을 벌 수 있었고, 이것이 좋은 타격으로 이어지고 있는 것이었다.

민우의 보정 효과를 만약 다른 선수들이 알았다면 사기라고 외치며 하늘을 향해 격하게 항의를 했을 것이다.

2스트라이크를 먼저 잡은 명헌은 살짝 맥이 빠지는 느낌이었다.

'내 공에 몸이 굳은 건가. 유인구를 하나 던져볼까.'

명헌은 민우가 자신의 공을 칠 리가 없다는 생각이 들었지만, 한 번 더 확인을 하기 위해 유인구를 던지기로 결정했다.

'유인구를 던질 확률이 높다. 기다리자.'

그런 명헌의 속마음을 읽었는지 모르겠지만, 민우 역시 2스트라이크 상황인 점을 감안해 유인구를 예상했다.

다시금 와인드업 자세를 취한 명헌이 공을 뿌렸다.

슈웅!

"볼!"

이번에는 홈 플레이트에 도달하기 전에 크게 꺾여 바운드되는 슬라이더였다. 유인구라고 하기에는 조금 민망한 수준의 바운드 볼이었는데, 아무래도 손에서 공이 살짝 빠진 느낌이었다.

'볼 하나 더?'

장갑의 매무새를 매만지고 민우가 다시 배터 박스에서 자세를 잡았다.

명헌이 결정을 마치고는 숨을 후! 하고 내뱉은 뒤 다시금 공을 뿌렸다.

슈웅!

틱!

'윽.'

민우는 빠른 공을 예상하고 배트를 휘둘렀는데 공의 윗면을 스치는 파울이 되고 말았다.

'아까 김태곤에게 던졌던 그 변화구!'

포심의 궤적을 띠고 비슷한 스피드로 날아오다가 홈 플레이트 근처에서 살짝 꺾여 떨어지는 컷 패스트볼에 가까운 변화구였다.

'까딱하면 헛스윙으로 물러날 공이다. 집중하자 민우야.'

민우는 배터 박스에서 다시 한 번 벗어나 두근거리는 가슴을 진정시켰다. 숨을 크게 한 번 내뱉은 뒤 다시 타격 자세를 잡았다.

'방금 전 공에 배트가 늦었지. 별거 없군. 포심으로 꽂아 넣는다.'

로진백을 매만지던 명헌이 이윽고 와인드업 자세를 취하고는 힘차게 공을 뿌렸다.

슈욱!

따악!

명헌의 손을 떠난 공이 순식간에 홈 플레이트에 도달한 순간, 빠르게 돌아간 배트가 공을 때리며 맑고 경쾌한 소리를 울렸다. 그 덕에 백팀 포수의 글러브는 허공을 휘저었다.

"오!"

"호오!"

더그아웃에서 기태와 찬엽이 동시에 감탄사를 내뱉었다.

삼진을 당하리라 예상했는데 보란 듯이 공을 쳐낸 것에 자연스럽게 감탄사가 튀어나온 것이다.

팔로우 스윙 후 민우는 곧바로 배트를 놓고 빠르게 달리기 시작했다.

타다닥!

좌익수와 중견수 사이 공간으로 쭉쭉 뻗어나가는 라인드라이브성 타구였다. 타구는 워닝트랙 부근에서야 바운드된 뒤 펜스에 부딪혀 튕겨 나왔다.

그사이 민우는 1루를 돌아 2루로 향하고 있었고, 그제야 공을 주운 중견수가 2루 방면으로 빠르게 공을 던졌다.

우익수 방면으로 나온 타구였다면 3루까지 내달릴 수도 있었겠지만, 민우는 욕심을 버리고 2루에서 멈춰 섰다.

드디어 청팀과 백팀을 통틀어 경기 첫 안타가 나왔다.

그 시작은 바로 강민우의 손에서부터였다.

3회 말 2아웃에 주자 2루.

안타 하나면 바로 득점으로 연결될 찬스였다. 강민우의 안타 하나로 침체되어 있던 경기 분위기가 일순간 다시 살아났다.

하지만 민우는 다른 곳에 정신이 팔려 있었다.

'배트가 살짝 밀렸다.'

지금껏 민우의 배트 타이밍은 사회인 리그의 구속에 적응되어 있었다. 갑작스레 10㎞ 이상 차이가 나는 구속 상승에 몸의 반응이 약간 미숙했고, 그 결과로 배트가 밀리게 된 것이다.

'운이 나빴다면 범타로 물러날 뻔했다.'

민우는 홀로 가슴을 쓸어내렸다.

그런데 그 사실을 깨닫고 있는 사람이 더 있었다.

"배트 스피드가 느린 건 아닌데, 타이밍이 맞질 않았네요."

"하지만 처음 치고는 좋은 타격이었습니다. 의외네요. 가르쳐 볼 만한 수준은 되어 보입니다."

바로 길기태 감독과 나찬엽 타격 코치였다.

그사이 청팀의 1번 타자가 경기 두 번째 타석에 들어섰다.

2루에 서 있던 민우가 배터 박스로 들어서는 선수를 바라봤다.

'그러고 보니, 저 선수는 이름이 아마… 이대영이었지?'

LC트윈스의 대표적인 준족 타자하면 이대영이 거론이 되었다. 2007년에는 3할 타율에 53개의 도루를 기록할 정도로 호타준족이었으나, 일명 삼단분리 타법—배트를 휘두름과 동시에 이미 하체가 분리되어 1루를 향하고 있다—으로 타율이 점점 떨어져 호타는 점점 사라지고 준족만이 남은 타자였다.

아무래도 타격감을 찾기 위해 2군으로 내려 보낸 듯 보였다.

그런 소문에 걸맞게 지금 타석에서도 순식간에 2개의 공을 헛스윙으로 놓쳐 버렸다.

'몸의 중심이 무너져 버리니, 저런 스윙이 나올 수밖에 없겠네……'

민우는 그렇게 생각하며 다시 이대영의 타석을 바라보며 진루할 기회만 넘봤다.

하지만 대영이 타격을 한 마지막 공도 허리가 빠지며 어정쩡하게 휘둘러진 배트 끝에 맞고 말았다. 힘없이 굴러간 타구는 투수 앞 땅볼이 되어 순식간에 득점 찬스를 날려 버렸고, 그렇게 이닝이 마무리되었다.

'쩝.'

득점이 불발되자 가장 아쉬운 건 민우였지만 어쩔 수 없었다.

글러브를 챙기기 위해 더그아웃으로 향하자 길기태 감독이 다가왔다.

"타이밍이 늦었지만, 좋은 타격이었다. 다음 타석도 기대해 보지."

"네, 최선을 다하겠습니다!"

예상치 못한 칭찬에 민우가 힘차게 대답했다.

더그아웃에 있던 후보 선수들은 그런 민우를 못마땅한 눈초리로 쳐다보고 있었다.

"어디서 굴러먹다 온 놈인지 모르겠는데 저놈… 예사 놈이 아닌 거 같다."

육안 상으로 봐도 100㎏이 넘어 보이는 거구의 선수가 짜증 난다는 듯 인상을 쓰며 말했다.

그러자 눈이 찢어진 듯 작고 앞니가 살짝 튀어나와 쥐를 연상케 하는 선수가 말을 이었다.

"만약에 합격하면 어쩌죠? 선배님이나 저나 벌써 2군 생활만 2년째인데, 이러다 또 나가리되는 거 아닌가 몰라요."

"야이 씨. 괜한 말 하지 마라. 부정 탄다. 저놈, 아까 안타도 어쩌다 운 좋게 터졌을 뿐이야. 아직 확실히 합격된 것도 아니고, 실력도 제대로 모른다. 일단은 지켜보자."

이들 말고도 민우의 존재가 거슬리는 선수들이 몇몇 더 있는 듯 민우를 향한 시선이 곱지만은 않았다.

민우는 그런 사실을 모른 채 수비를 위해 글러브를 들고 외야로 뛰어나갔다.

이후 민우의 안타가 도화선이 된 듯, 청팀에선 4회와 5회에 각각 안타가 1개씩 터져 나왔다. 하지만 4회에는 후속타 불발로, 5회에는 병살타로 점수로 이어지지는 못했다.

그사이 백팀은 5회에 볼넷과 안타 2개로 1점을 먼저 얻어냈다.

중견수로서 수비에 임했던 민우로서는 자신에게 날아오는 공이 없어 공을 만져볼 기회가 없었고 글러브엔 공기만이 잡힐 뿐이었다.

현재 스코어는 백팀의 1 대 0 리드 상황.

그리고 6회 말, 다시금 청팀의 공격 기회가 찾아왔다.

선두 타자는 경기 첫 안타의 주인공, 9번 타자 강민우였다.

길기태 감독은 배터 박스에 들어서는 민우를 바라보고 있었다.

"이번에도 쳐 낸다면, 고민 없이 테스트는 합격이지."

"과연, 기대가 됩니다."

옆에서 시선을 보내던 나찬엽 타격 코치도 기대에 찬 눈빛으로 민우를 바라보고 있었다.

배터 박스에 들어선 민우는 배트를 한 번 크게 휘두른 뒤, 타격 자세를 잡고 명헌을 바라보았다.

'전 타석에서 나에게 맞은 공은 포심 패스트볼이었지. 아무래도 똑같은 공을 던질 확률은 낮다고 봐야 한다.'

명헌이 부상 전에 던지던 포심 패스트볼은 150㎞ 가까운 구속으로 타자를 윽박지를 수 있었다. 그러나 부상 이후에는 10㎞ 정도 구속이 떨어지는 바람에 포심 패스트볼로 윽박지르는 투구가 힘들어졌고, 결정구는 대체로 두 가지 무브먼트를 보여주는 슬라이더를 이용하고 있었다.

그 점을 상기한 민우는 명헌이 결정구로 포심 패스트볼을 던지지 못하리라 생각했다.

사인을 교환한 명헌이 빠르게 공을 뿌렸다.

슈욱!

팡!

"스트라이크!"

초구는 몸 쪽으로 꽉 찬 포심 패스트볼이었다.

'문제는 슬라이더에 대한 내 대처 수준이겠지.'

사실 민우는 약점은 변화구라고 할 수 있었다.

사회인 리그에서는 정직하게 뻗어오는 포심 패스트볼은 궤적을 예상하고 배트를 휘두르면 거의 장타로 이어졌다.

그러나 궤적이 다양하게 바뀌는 브레이킹 볼에 민우는 약간씩 반응이 늦었고, 장타보다 대체로 단타성 타구가 많이 나왔다. 변화구에 대한 경험이 부족해 몸의 반응 또한 늦는 것이었다.

민우 스스로도 그것을 알고 있었지만 아직까진 변화구에 대한 노림수를 제대로 활용하지 못하고 있었다.

다시 명헌이 와인드업 자세를 취한 뒤 2구를 뿌렸다.

슈욱!

팡!

"볼!"

또 한 번의 포심 패스트볼이었는데 낮은 쪽 스트라이크존에서 공 한 개 정도 빠져 볼이 되었다.

'두 개 연속으로 패스트볼. 내가 슬라이더를 노릴 거라고 예상하고 있는 건가?'

명헌은 부상으로 2군으로 떨어졌지만, 프로 15년 차의 베테랑 투수였다. 그만큼 완급 조절이 뛰어난 투수였고, 타자의 노림수를 읽을 줄 아는 투수였다. 직구와 슬라이더만으로도 6회까지 안타를 단 3개만을 맞은 것은 그의 노련함 덕분이었다.

명헌은 로진백을 만지작거리며 민우를 바라봤다.

'포심 패스트볼이 맞았지만 타이밍이 늦었었다. 빠른 공 두 개를 보여줬으니 녀석은 슬라이더로 추가 더 기울어 있을 거야. 빠른 공을 한 번 더 보여준다.'

생각을 마친 명헌이 숨을 한 번 들이쉰 뒤, 바로 공을 뿌렸다.

슈웅!

틱!

'젠장.'

민우는 이번에 슬라이더가 날아오리라 예상하고 배트 타이밍을 변화구에 맞추고 있었다. 그런데 명헌의 선택은 높은 코스의 포심 패스트볼이었다.

이미 타이밍을 놓친 민우는 겨우 스윙 궤적을 변경해 공을 살짝 건드려 겨우 커트해 냈다.

순식간에 볼카운트는 1볼 2스트라이크. 타자에게 불리한 볼카운트가 되었다.

'젠장. 내 머릿속을 읽힌 기분이야.'

다시금 자세를 잡고 명헌을 바라보니 그의 눈빛이 꽤나 매서워 보였다.

'한 방 맞았다고 쉽게 보내주지 않겠다, 이 말이네.'

민우는 명헌의 눈빛을 정면 승부를 하겠다는 의미로 받아들였다. 그러나 명헌의 생각은 달랐다.

'저 녀석, 변화구에 대한 대처가 미흡하군.'

포수도 같은 생각을 했는지, 민우를 흘깃 보고선 변화구 사인을 보냈다. 명헌이 그 사인을 보고 고민 없이 고개를 끄덕이고는 와인드업 자세를 취했다.

'후' 하며 숨을 내뱉은 명헌이 공을 뿌렸다.

슈욱!

툭!

민우의 배트는 공이 도달하기 전에 이미 홈 플레이트를 통과하고 있었다. 뒤늦게 도착한 공은 배트의 끝에 '툭' 하고 닿았고, 타구는 크게 바운드되며 튀어 올랐다.

민우는 타격이 이루어지자마자 배트를 놓고는 1루를 향해 전력 질주를 시작했다.

'이번에도 그 슬라이더였어.'

그 슬라이더란 태곤이 당했던, 홈 플레이트 부근에서 살짝 궤적을 꺾는 슬라이더를 말하는 것이었다.

민우는 명헌의 눈빛을 보고는 포심 패스트볼을 예상했다. 자신에게 맞았던 공이 포심 패스트볼이었고, 테스트를 보는 선수에게 질 수 없다는 눈빛으로 읽었기 때문이었다.

그러나 명헌은 냉철한 승부사였다.

배트를 쥔 민우의 손에 힘이 들어간 듯 보이자 슬라이더를 던지기로 마음을 먹었고, 그 작전에 민우가 말렸다.

바운드된 타구를 잡은 3루수가 빠르게 1루로 송구를 했고, 민우가 베이스를 밟기 직전에 공이 도착했다. 이어지는 1루심의 아웃 선언.

"하아."

민우는 뒤늦게 1루 베이스를 밟은 뒤 고개를 치켜들고 한숨을 내뱉었다.

남은 이닝은 양 팀 모두 후속타 불발로 싱겁게 끝나 버렸다.

경기는 1 대 0, 백팀의 승리로 마무리되었다.

민우는 2타수 1안타로 겉보기엔 괜찮은 성적을 남겼다. 하지만 타격 코치는 민우의 프로필 중 특이사항에 '변화구 대처 능력 부족'이라는 글자를 새겨 넣었다.

"수고하셨습니다."
"다들 수고하셨습니다."

선수들이 분주히 경기장을 정리한 뒤 감독과 코치진에게 인사를 했다. 그리고 각자 장구를 챙겨 짐을 풀어놓은 곳으로 분주히 흩어졌다.

이윽고 더그아웃에는 길기태 감독과 코치진, 그리고 민우만이 남게 되었다.

민우는 아직도 명헌의 마지막 공에 당한 것이 분한지 짐도 챙기지 못하고 그라운드만을 바라보고 있었다.

길기태 감독이 민우에게 다가가 옆에 서더니 입을 열었다.

"마지막 타석에서 명헌의 슬라이더를 제대로 타격하지 못한 이유가 뭐라고 생각하지?"

민우는 갑작스레 다가선 기태의 기척에 잠시 놀랐으나, 이내 기태의 말을 듣고는 생각에 잠겼다.

"솔직히 말해서 변화구만 노리고 있다면 칠 수 있다고 생각합니다. 빠른 공보다는 느린 공이 더 대응하기가 쉽기 때문입니다."

민우의 대답에 기태가 '호오' 하는 표정을 지었다.

"그런데?"

"하지만 변화구를 노리고 있다가 패스트볼이 들어오면 맥없이 당할 수밖에 없습니다. 그렇기 때문에 투수가 던질 공에 대해 생각이 많아졌습니다. 직구일까? 변화구일까? 계속 고민을 했고 그 와중에 투수의 심리전에 당하고 말았습니다. 저는 투수의 눈빛을 보고 복수할 기회를 노리고 있다고 생각했고,

안일하게도 직구를 던지리라고 생각했습니다. 그렇게 판단을 내리니 저도 모르게 몸에 힘이 들어가더군요. 하지만 날아온 공은 슬라이더였습니다. 제가 완전히 오판을 한 거죠."

민우의 장황한 설명을 들은 기태는 고개를 끄덕거렸다. 그러고는 입을 열었다.

"충분히 이해가 가네. 그럼 이제 내 차례군. 자네의 단점은 두 가지가 있네."

민우는 자신의 단점이라는 말에 기태의 입을 주시했다.

"첫 번째는 자네가 야구를 시작한 지 겨우 2달 밖에 되지 않았다는 거지."

"그 말씀은……."

"그래. 말 그대로 경험의 부족이야. 자네가 재능이 있다는 건 천강이에게 들은 것과 어제, 그리고 오늘 테스트만으로도 충분히 알 수 있었어. 하지만 재능을 제대로 꽃피우려면 충분한 연습과 경험이 필요하지. 자네는 말 그대로 실전 경험, 특히 변화구에 대한 경험 자체가 전무하다시피한 상황이네. 경험을 통해 몸이 변화구에 익숙해져야 하고, 머리보다 몸이 먼저 반응을 해야 하네."

"경험……."

기태의 말에 민우는 새로운 사실을 깨달았다는 표정을 지었다.

기태의 말은 여기서 끝난 것이 아니었다.

"그래, 경험 말이네. 그리고 또 하나는 자네의 타격 기술이 아직 미완성이라는 것이네."

"타격 기술… 말입니까?"

"그래, 타격 기술. 자네의 폼은 거의 완벽해. 허리 회전도 빠르고 스윙 폼 또한 깔끔하지. 하지만 자네는 타격 기술을 제대로 활용하는 방법을 모르더군."

기태의 말은 민우의 타격을 진화시킬 또 다른 길을 열어주려고 하고 있었다.

짧은 대화가 더 오고 간 뒤.

"그럼 자세한 내용은 구단 관계자와 이야기해 보게."

"네. 감사합니다. 열심히 하겠습니다."

"자네의 단점. 이곳에서 꼭 고칠 수 있길 바라네."

"네!"

대화를 마친 기태는 구단 관계자를 통해 민우와의 신고 선수 계약을 부탁한 뒤 자리를 떴다.

'성공했다. 드디어 진짜 야구 선수가 되는 거야.'

민우는 테스트를 통과했다는 사실에 온몸에 전율이 흐르는 것을 느꼈다.

구단에서는 민우와 계약하기 전, 학력과 결격사유 등 계약에 문제가 될 만한 사항은 없는지 신상 조사에 들어갔다.

민우는 구단에서 요구하는 서류를 모두 챙겨서 구단 사무실을 찾아갔다.

"야구 경력은 초등학교 때 리틀 야구단에 몸담았던 것이 전부. 일반계 중, 고등학교를 거쳐, 국립대인 한성외대에 진학한 후 1년 뒤 휴학. 2달 전부터 사회인 야구를 시작했다. 맞습니까?"

"네, 맞습니다."

테이블 맞은편에 앉아 민우가 가지고 온 서류들을 뒤적거리던 구단 프런트 직원의 물음에 민우가 답했다.

민우의 대답을 들은 프런트 직원은 '흐음' 하는 소리를 내더니, 서류를 내려놓고 민우를 바라봤다.

"그런데 심각한 부상 경력이 있더군요."

프런트 직원의 말에 민우의 표정이 살짝 흐려졌다.

부상을 당했을 때의 기억이 다시 떠올랐기 때문이다.

민우는 왼쪽 팔꿈치가 다시금 시큰거리는 느낌이 들어 몸을 움찔거렸다.

잠시 정적이 흐른 뒤, 민우가 입을 열었다.

"네, 처음에는 부상 정도가 심해서 선수 생활을 다시 하기는 어려울 거라는 이야기를 들었습니다. 하지만 몇 번의 수술을 더 받으면서 생각보다 수술 경과가 좋았고, 일상생활도 무리가 없었습니다."

"흐음… 현재 상태는 어떤가요?"

"마지막으로 병원에서 검사를 받았을 때, 완치되었다는 통보를 받았습니다. 현재는 이렇게 야구를 해도 될 정도로 튼튼한 팔이 되었고요."

민우의 이야기를 듣던 프런트 직원은 고민 된다는 듯한 표정을 지었다.

"지금은 괜찮다고 하지만… 부상은 쉽게 재발하게 마련이죠. 특히나 야구라는 운동은 멀쩡하던 선수도 팔꿈치 인대가 끊어지는 경우가 부지기수이고 말입니다."

직원이 말을 이으며 민우의 팔을 걱정스럽다는 듯 바라봤다.

구단 프런트 직원의 말처럼 실제 프로야구 선수들 중에도 미래가 유망한 선수들이나 FA 대박을 터뜨린 수많은 선수가 부상의 악몽에 발목을 잡히는 경우가 부지기수이다.

또, 구단에서 부상 경력이 있는 선수를 영입했다가 부상이 재발해 선수를 활용하지도 못하고 돈만 버리는 경우도 흔히 볼 수 있다.

민우도 그것을 알고 있었다. 하지만 그들과 민우에겐 다른 점이 있었다. 바로 지속적으로 피로가 쌓이지 않았다는 것이었다.

부상을 당한 뒤로 재활 운동과 일정한 근력 운동을 제외하고는 무리한 운동을 하지 않아 혹사를 당하지 않았다. 이 점이 바로 민우의 강점이었다.

"제 팔꿈치는 10년 전 수술 이후로 혹사를 당한 적이 없습니다. 체계적인 관리를 받지는 못했지만 제 나름대로 꾸준히 운동을 하며 관리해 왔고요. 또, 사회인 리그에서 2달간 뛰어 보며 제 팔이 완쾌되었다는 것을 다시 한 번 깨달았습니다. 정 걱정되신다면 구단에서 요구하는 어떤 검사라도 수용할 수 있습니다."

"그렇게까지 말씀하신다면야… 길기태 감독님도 괜찮다고 하셨으니, 믿어보겠습니다."

민우의 확신에 찬 목소리에 구단 프런트 직원도 한 발 물러서는 느낌이었다.

민우가 가져왔던 서류를 정리해서 챙긴 프런트 직원은 챙겨온 서류 봉투에서 계약서를 꺼내 민우에게 내밀었다.

"그럼 계약서를 확인해 보시고… 신고 선수 계약에 대해선 알고 계시겠죠?"

"네, 알고 있습니다."

여기서 직원이 알고 있느냐고 물은 것은, 다름 아닌 프로야구 신고 선수에 대한 여러 사실들이었다.

우리나라의 프로야구는 팀당 63명의 등록 선수를 보유할 수 있는 규정이 있고, 이 중 1군 선수 엔트리가 26명, 나머지 선수들로 2군을 운영하게 된다.

그런데 선수들이 본의 아니게 부상을 입어 재활군으로 넘어가게 되면, 2군 선수 중 일부가 1군으로 올라가게 된다.

이런 부상 선수가 많아지면 2군을 운영하기 위한 선수의 숫자가 부족해지는 경우가 발생하게 된다.

이렇게 2군 운영에 차질이 생기지 않게 수월한 선수 수급을 위한 제도가 바로 등록 외 선수, 즉 신고 선수 제도인 것이다.

신고 선수는 KBO에 정식으로 등록되지 않기 때문에, KBO의 최저 연봉을 보장받지 못하며, 2군에서만 뛸 수 있다.

또, 계약한 년도의 6월 1일 이후부터 구단의 정식 선수로 등록되어 1군에서 뛸 수가 있다. 문제는 그렇게 정식 선수로 등록되는 비율이 10% 미만이라는 점이었다.

민우는 천천히 계약서를 살펴보았다. 눈에 띄는 부분은 '구단 사정에 따라 상시 해고가 가능하다', '월봉 120만 원을 지급한다', '계약 기간은 12월 1일까지로 한다'는 점이었다.

'이건… 악덕 계약이군.'

2010년 프로야구 최저 연봉은 2,400만 원이었다.

이마저도 2005년에 최저 연봉이 2,000만 원으로 정해진 후 오랜만에 인상된 금액이었다. 물론, 신고 선수 계약에는 보장되지 않는 금액이지만 말이다.

'계약 기간을 다 채워도 1,080만 원이구나.'

민우는 자신의 처지를 돌아봤다. 대학은 휴학 중이며, 갚아야 할 수술비는 아직도 끝이 보이지 않을 정도로 남아 있다.

현재 민우가 편의점 알바를 통해 한 달간 버는 돈이 115만 원이었다. 단순 계산으로 따지면 월 평균 5만 원을 더 버는 것이었다.

하지만 야구 선수로 살아간다는 것은 그렇게 간단한 것이 아니었다.

스타급 선수가 아닌 이상 구단의 지원은 바랄 수도 없다.

야구를 하는데 필요한 각종 장비는 선수의 자비로 직접 구입해야 하며, 식비나 몸 관리에 들어가는 비용 모두 선수 스스로가 충당해야 하는 것이 현실이었다.

게다가 민우는 당장 갚아야 할 월세도 있었다.

하지만 포기할 수는 없었다. 야구는 민우의 꿈이었고, 아버지의 꿈이었다. 그리고 일반적으로는 있을 수 없는 프로 입단의 기회까지 찾아왔다.

프런트 직원은 민우의 고민이 길어지자 조금씩 지루한 표정을 짓기 시작했다. 만약 계약 대상이 스타급 선수였다면 절대로 보일 수 없는 태도였다. 프런트 직원의 표정은 지금 민우의 가치를 대변해 주는 것이나 마찬가지였다.

"계약… 하겠습니다."

민우의 입이 열리기만을 기다리던 프런트 직원이 금세 표정을 바꾸어 영업용 웃음을 지었다.

"그럼, 여기랑 여기에 사인을 하고 지장을 찍어주시면 됩니다."

'꼭 6월 달까지 정식 선수로 등록되고 말테다. 해보자 민우야!'

민우의 다짐과 함께 순식간에 계약이 끝났고, 프런트 직원은 빠른 걸음으로 시야에서 멀어져 갔다.

구단 사무실을 빠져나온 민우는 하늘을 바라봤다. 어느덧 시간이 많이 흘러 해가 뉘엿뉘엿 저물고 있었다.

민우가 무언가 생각이 난 듯, 주머니를 뒤적거렸다. 민우의 손에 잡혀 올라온 것은 낡은 휴대폰이었다.

메시지 작성

―감독님. 오늘 계약서 작성했습니다. 감독님 덕분에 이렇게 좋은 기회를 잡게 돼서 정말 감사하다는 말로 다 표현을 할 수가 없습니다. 조만간에 또 연락드리겠습니다. 몸 건강히 계십시오.

천강에게 보내는 메시지였다. 빠르게 휴대폰의 자판을 두들긴 민우는 메시지 전송을 누르고 휴대폰을 덮었다.

주머니에 휴대폰을 집어넣으려던 민우가 순간 무언가 생각이 난 듯 다시 휴대폰을 꺼내 새 메시지를 작성하기 시작했다.

메시지 작성

―수지야. 오빠 신고 선수 계약했다. 다 네 덕분이야. 나중에 한 턱 쏠게. 내일이 입학식이지? 대학 들어갔다고 놀지만 말고 공부 열심히 해라. 오빠도 열심히 할게.

이번 메시지의 수신자는 천강의 딸인 수지였다.

테스트를 보기 전 응원 문자를 받았던 것이 생각나 일부러 문자를 보낸 것이었다.

휴대폰을 주머니에 집어넣은 민우는 하늘을 향해 손을 뻗었다.

'이제 시작이다. 아직도 배울 게 많고, 더 노력하지 않으면 위로 올라갈 수 없다. 지금껏 해온 것보다 더더욱 노력해야 한다. 강민우, 자만하지 말자! 끝까지 달려보자!'

마음속으로 다짐을 한 민우가 주먹을 콱 쥐었다.

제8장

LC트윈스 2군

월요일이 밝았다.

구름 한 점 없는 화창한 날씨에 거리를 돌아다니는 사람들의 기분 역시 좋아 보였다.

2군 숙소에서 생활을 하기 위해 간단히 챙긴 캐리어를 끌고 가는 민우 역시 기분이 좋아 보였다.

오늘은 LC트윈스 소속 신고 선수로서 처음으로 합류하는 날이기도 했다.

어머니께는 당분간 친구와 같이 일을 하기로 했다고 얼버무린 상태였다.

'아무래도 정식 계약 전까지는 말씀드리기가 조금 곤란하

니까.'

지하철을 타고 40분, 버스를 타고 20분을 달리니 어느새 2군 숙소가 있는 구리시 수택동에 도착했다.

'LC트윈스 챔피언스 클럽.'

LC트윈스 스스로 명가라는 것을 드러내듯 숙소의 이름도 챔피언스 클럽이었다.

눈앞에 솟은 5층짜리 건물을 보는 민우의 눈이 빛났다. 이곳에 도착하니 자신이 정말 프로야구 선수로 한 걸음 다가섰다는 것이 새삼스럽게 느껴졌다.

안으로 들어서 관리실에 인사를 하고 인적 사항을 확인한 뒤, 방 배정을 받는 것까지 순식간에 끝났다.

짐을 풀어놓은 민우는 부푼 꿈을 가지고 LC트윈스 챔피언스 파크로 향했다.

* * *

LC트윈스 챔피언스 파크에는 이미 선수단 버스가 도착해 있었다.

민우는 먼저 길기태 감독을 찾았다.

길기태 감독은 한창 코치진과 무언가 이야기를 나누고 있었다.

"감독님, 안녕하십니까."

민우가 힘차게 인사를 하자 길기태 감독이 고개를 돌렸다.

"아, 자네 왔나."

"네, 앞으로 잘 부탁드립니다."

"그래. 앞으로 열심히 해봐."

간단히 인사를 마친 뒤, 길기태 감독은 다시금 코치진과 이야기를 나누기 시작했다.

민우도 개인 장비를 챙겨 그라운드로 나설 채비를 했다.

"여~ 신입."

그런 민우에게 누군가 다가오며 말을 걸었다. 민우가 돌아보니 호리호리한 몸에 눈이 찢어진 듯 작고, 앞니가 살짝 튀어나와 쥐를 연상케 하는 선수가 자신을 내려다보고 있었다.

민우는 잠시 찬규와 찬재 형제가 생각났지만, 이내 머릿속에서 지워 버리곤 일어서며 대답했다.

"네, 부르셨습니까?"

민우가 일어서자 오히려 민우를 올려다보는 꼴이 되어버린 선수가 잠깐 멈칫하더니 다시 입을 열었다.

"어, 어. 흠! 내 이름은 황철승이다. 너보다 2년 선배니까 알아서 모셔라."

민우를 올려다보던 선수의 이름은 황철승이었다.

사실 민우는 야구부 생활을 한 경험이 전무한 상태라 야구단의 생태를 잘 모르고 있는 상태였다. 하지만 눈치가 아예 없는 것은 아니었기에 대충 돌아가는 분위기가 눈에 보였다.

'신입 군기를 잡겠다 이건가? 여기선 내가 약자나 마찬가지니, 따라줘야겠지.'

"네, 알겠습니다. 제 이름은 강민우입니다."

민우의 대답이 마음에 들었는지, 철승은 미소를 지으며 말을 이었다.

"그으래그으래~ 그럼 이제 일을 해야지? 오늘은 네가 배팅 볼 담당이다."

그렇게 말을 하며 철승이 손가락으로 그라운드를 가리켰다. 민우가 철승이 가리키는 방향으로 시선을 돌리니 일단의 선수들이 티배팅을 하고 있었다.

"알겠습니다."

"좋아. 어서 움직여."

민우의 대답에 철승이 만족한 듯 지시를 내렸고, 민우가 챙기던 장비들을 고스란히 내려놓고 그라운드로 나섰다.

'신고 선수는 정식 선수의 배팅볼 상대나 해주고, 캐치볼이나 받아준다더니. 설마했는데, 진짜였구나.'

그라운드로 나서니 두 부류의 무리가 보였다.

"신입 왔구나. 팔은 싱싱하겠지?"

"잘 던져라~ 엉뚱한데 던지면 네 팔만 아프니까."

웃음기 섞인 말로 민우를 놀리듯 환영하는 무리가 있었고.

"쟤는 언제까지 버티려나."

"부디 끝까지 버텼으면 좋겠네."

그런 민우를 걱정스런 눈빛으로 바라보는 무리가 있었다.

그런 두 무리를 보는 민우는 왠지 자신의 앞날이 그리 밝지만은 않으리란 생각이 들었다.

민우가 마운드로 올라섰다. 마운드 앞쪽에는 배팅볼 투수 보호를 위한 이동식 펜스가 세워져 있었고, 마운드 옆에는 야구공이 한가득 담긴 노란 바구니가 쌓여 있었다.

'저 공을 다 던져야 되는 건가? 첫날부터 힘들겠는데.'

민우가 곧바로 공을 집어 들려고 하자 누군가 다가와 민우가 집어든 공을 도로 가져갔다.

"몸부터 풀어야죠. 오자마자 바로 던지다가 잘못해서 다치기라도 하면 시즌 말아먹을 수도 있어요."

민우가 자신에게 말을 건 인물에게 시선을 돌렸다. 목소리의 주인공은 전날 경기 전 유일하게 자신에게 말을 걸었던 포수 김태곤이었다.

"아, 안녕하세요. 김태곤… 씨였죠?"

민우는 호칭을 어떻게 해야 하나싶어 잠시 말끝을 흐리다 '씨'를 붙였다.

"하하. 네, 맞아요. 김태곤입니다."

민우의 그런 점에는 신경을 쓰지 않는 듯, 자신을 알아봐 주자 기분 좋은 웃음을 짓는 태곤이었다.

"일단 몸 풀고 오세요. 그동안은 제가 던지겠습니다."

"아, 네. 감사합니다."

'처음 봤을 때도 그렇고… 좋은 사람이야.'

민우는 태곤의 배려에 고개를 꾸벅 숙이고는 운동장을 돌며 가볍게 몸을 풀기 시작했다.

몇몇 선수가 그라운드를 돌고 있는 민우를 바라보다 시선을 돌려 태곤을 바라봤다. 그중, 처음 민우에게 배팅볼을 던지라 시켰던 철승은 그런 태곤의 모습을 불편한 듯 바라보더니 툭 하고 말을 뱉었다.

"야, 태곤아. 나는 민우를 시켰는데 왜 네가 던지려고 그러냐?"

"아, 선배님. 하하. 이제 갓 합류했는데 몸도 안 풀고 배팅볼 던지다가 괜한 부상이라도 당하면 속상하지 않겠습니까? 잠깐 몸 좀 풀라고 제가 던지고 있겠다고 했습니다."

"그래? 뭐, 그렇다면야… 알겠다."

'이런 오지랖 넓은 녀석.'

처음엔 맘에 들지 않는다는 듯 말을 던진 철승이었다.

하지만 태곤의 말은 운동을 하는 선수들이라면 상식적으로 맞는 말이기에 철승이 트집 잡을 만한 구석이 없었다.

태곤의 이런 사려 깊은 행동은 평소에도 2군 선수들에게 좋은 인상을 남겼다.

2군에서 땀 흘리며 1군에 올라갈 날만을 기다리는 선수들은 때때로 날카로워지게 마련이었고, 말단 선수들은 훈련을 할 기회조차 제대로 갖지 못하는 경우가 많았다.

그런 선수들에게 태곤의 작은 배려가 큰 힘이 되곤 했었다. 그 덕에 선후배를 가리지 않고 태곤을 싫어하는 사람은 없었다.

철승 역시 마찬가지였기에 딱히 큰 불만을 내비치지는 않고 물러섰고, 타격 연습이 시작되었다.

태곤이 배팅볼을 던지며 타자들을 상대한 지 10여 분 정도가 지났을까 민우가 타자 교대 타이밍에 맞춰 태곤에게 다가왔다.

"태곤 선배님, 고맙습니다. 이제 제가 던지겠습니다."

"하하, 별말씀을요. 그럼 고생하세요."

민우의 예의바른 태도에 민망한 듯 웃어넘긴 태곤이 마운드를 내려갔고, 민우가 바구니에서 야구공을 손에 쥐었다.

마침 타석에서 준비를 하고 있던 선수는 민우에게 홈런을 도둑맞았던 백병호였다.

'그러고 보니 백병호의 능력치를 못 봤네.'

문득 지난 청백전에서 생겼던 궁금증이 다시금 떠오르자, 그 궁금증을 해결하기 위해 병호에게 시선을 집중했다.

[백병호, 25세]

─파워[B, 49(12%)/100], 정확[B, 45(40%)/100], 주력[N,

35(41%)/100], 송구[N, 38(28%)/100], 수비[N, 39(29%)/100]

　─종합 [N, 206/500]

　'파워 하나는 어마어마하구나. 그런 타구가 나올 만하네. 파워에 비해 정확이 좋지 않아서 2군에 있는 건가?'

　병호의 몸을 살피니 다른 선수들보다 어깨부터 주먹하나는 더 넓은 덩치를 가지고 있었다.

　육안으로 봐도 거의 110㎏ 정도는 되어 보였다.

　저 덩치에서 뿜어져 나오는 펀치력으로 펜스 너머로 타구를 날려 보내는 것이리라.

　민우가 생각을 마치고 다시 병호의 얼굴을 힐끗 쳐다봤다.

　병호는 청백전에서의 일은 이미 잊은 듯, 무심한 표정으로 민우를 바라보고 있었다.

　'배팅볼을 던져주는 건 처음인데. 가볍게 던지면 되겠지?'

　민우가 자연스럽게 와인드업 자세를 취하고는 타석을 향해 공을 던졌다. 민우가 던진 공은 가상의 스트라이크존의 거의 한가운데로 날아갔다.

　슈욱!

　딱!

　힘차게 돌아간 병호의 배트에 맞닿은 공은 외야로 쭉 뻗어나갔다.

　'투수가 안타를 맞으면 이런 느낌인가?'

민우는 잠시나마 투수가 된 기분을 상상했다.

"방금 좋았어. 계속 그렇게 던져라!"

민우가 던진 배팅볼이 마음에 든 듯, 백병호가 굵직한 목소리로 외쳤다.

민우가 고개를 끄덕이자 병호는 배트를 머리 뒤쪽으로 흔들거리며 타격 자세를 취했다.

민우가 재차 공을 집어 드는 순간.

띠링!

[돌발 퀘스트 발동—배팅볼 머신]

—타자들의 타격 연습을 위해 배팅볼 투수가 되었습니다.

—정확한 투구 폼으로 배팅볼 300개를 던지십시오.

—잘못된 동작으로 투구할 시 순간적으로 근육통이 발생합니다.

—성공 시 영구적으로 제구 +1, 체력 +1. 50포인트 지급.

—실패 시 일주일 간 제구 —3, 체력 —3. 하루 동안 근육통 발생.

—본 퀘스트는 발생 횟수에 제한이 없습니다.

'어… 어엉!?'

민우의 포지션은 타자였다. 수비 위치는 외야 중 중견수.

그런데 이번에 발동된 퀘스트는 민우에게는 전혀 어울리지 않을 법한 퀘스트였다.

능력치 보상 또한 민우가 여태껏 받아왔던 능력치 보상과는 별개의 보상이었다.

'이건… 투수 능력치인데?'

그랬다.

민우가 알고 있던 투수의 능력치는 구속, 제구, 멘탈, 회복, 체력의 5가지였다. 이번 퀘스트의 보상은 그중 제구와 체력에 대한 능력치 보상이 제시되어 있었다.

'이봐… 난 투수 같은 거 해본 적이 없다고……'

민우가 강견이라는 소리는 들었지만, 투수 포지션으로 서본 경험은 전무한 상태였다.

시스템은 민우의 그런 생각을 읽은 듯, 민우의 머릿속에 한 투수가 나타났다.

'이건… 류한진?'

류한진은 2006년 하나 이글스에서 데뷔하자마자 다승, 탈삼진, 평균 자책점 1위로 투수 3관왕을 기록하고 신인상과 최우수 선수상을 동시에 석권한 투수였다.

팬들은 그런 류한진에게 '괴물'이라는 별명을 지어주었다.

와인드업 자세 이후 축이 되는 왼다리가 흔들리지 않으며, 킥킹 이후 중심을 이동하며 강하게 발을 내디뎠다. 그와 동시에 글러브를 낀 팔을 완전히 감으며 상체를 앞으로 당겼다.

공을 쥔 팔은 어깨 밑으로 내려가지 않고 오른쪽 어깨부터 왼쪽 어깨, 왼쪽 팔꿈치까지 수평을 이룬 상태였다.

이어 릴리스포인트를 최대한 앞으로 두고 힘차게 공을 채며 고개를 숙이지 않고 끝까지 공을 바라봤다.

민우의 머릿속에는 바로 그 류한진의 흠 잡을 곳 없이 부드러운 투구 동작을 아주 느리게 반복해서 보여주고 있었다.

군더더기 없이 부드러운 동작인데도, 그 끝에서 뿌려지는 공에는 강한 힘이 실려 있었다.

"민우야, 공 안 던지고 뭐하냐?"

민우가 머릿속에 떠오른 류한진의 투구 폼에 빠져 있던 시간이 길었는지, 타석에서 공을 던지기만을 기다리던 병호가 민우를 불렀다.

"앗! 죄송합니다."

그 소리에 퍼뜩 현실로 돌아온 민우는 병호에게 꾸벅 사과를 하며 타석을 바라봤다.

병호 뿐만 아니라 대기하고 있던 다른 선수들 역시 민우를 이상한 듯 쳐다보고 있었다.

'뭐가 어찌 됐던… 퀘스트는 성공해야겠지. 일단 해보자.'

민우는 잡념을 뒤로 미뤄두고, 머릿속에 계속해서 떠오르는 투구 폼을 따라해 보았다.

슈욱!

딱!

민우가 뿌린 공을 때린 병호의 배트에서 맑은 소리가 퍼져 나왔다. 이번에도 타구는 외야를 향해 힘차게 뻗어나갔다.

"윽!"

그와 동시에 민우는 순간적으로 온몸이 찌릿한 기분을 느끼며 몸을 움찔거렸다.

'틀렸나……'

방금 전의 통증은 퀘스트가 제시한 투구 폼을 민우가 정확히 따라하지 못한 페널티로 근육통이 발생한 것이었다.

"쟤 왜저러냐?"

"글쎄요… 어디 불편한가?"

그런 민우를 선수들이 계속해서 이상한 듯 바라봤다.

이후에도 공 하나를 던질 때마다 민우의 입에서는 '윽' 이나 '억' 하는 소리가 터져 나왔고 그때마다 몸을 이리저리 비트는 모습을 보였다.

제9장

투수 능력치

어느덧 해가 뉘엿뉘엿 넘어가고 있었다.

훈련이 끝난 경기장은 선수들이 분담하여 빠르게 정리가 끝났다. 선수들이 구단 버스를 타고 숙소로 돌아오니 주변은 이미 어둠이 깔려 있었다.

숙소에 도착한 선수 중 일부는 지하의 체력 단련실로 향했고, 일부는 숙소 밖으로 빠져나갔다.

민우는 근육통에 쑤시는 몸을 이끌고 아침에 배정받은 방으로 돌아왔다.

민우는 유니폼을 벗지도 못한 채 방 안에 놓여 있는 침대에 누워 천장을 바라보고 있었다.

"퀘스트··· 아깝네·······."

멍하니 천장을 바라보던 민우가 혼잣말을 중얼거렸다.

배팅볼을 던지며 발동됐던 퀘스트는 실패했다. 평생 투구 폼을 취해본 적도 없었던 민우였기에 어쩌면 당연한 결과라고 할 수 있었다.

다만 퀘스트 실패로 인해 민우는 현재 온몸이 쑤시는 근육통으로 고통받고 있었다.

"근데 갑자기 왜 투수 퀘스트가 발동된 거지?"

민우는 리틀 야구단에 속해 있을 때도 타자만을 했었고, 사회인 야구에 뛰어들었을 때도 투수를 해본 적이 없었다. 그런데 뜬금없이 투수 퀘스트가 발동된 것이다.

"어쩌면·······."

민우는 혹시나 타자 능력치보다 투수 능력치가 더 높은 게 아닐까 하는 의문이 들었다.

생각해 보면 마냥 이상한 일은 아니었다.

고교 야구를 봐도 그렇다. 어느 팀을 봐도 팀의 에이스 투수는 대체로 4번 타자를 맡아 팀의 공수 양면을 이끌곤 했다.

이런 점을 미루어 볼 때 민우에게 투수로서의 재능이 있다고 해도 이상한 것은 아니었다.

특히 민우는 매우 싱싱한 어깨를 가지고 있었다.

여기에 더불어 사회인 야구를 하면서 성장한 능력치가 더해져 꽤나 정확하고 강한 외야 송구 능력을 가지고 있었다.

그런데 투수의 중요 요소에는 어깨와 팔꿈치가 중요한 부분을 차지하고 있었다.

"그렇다는 건, 나한테 투수로서의 능력치가 충분할지도 모른다는 말이지!"

퀘스트를 실패하고, 숙소로 돌아올 때까지 근육통과 피로감에 정신이 없어 확인해 볼 생각조차 못했다.

숙소로 돌아와 침대에 누워 쉬다 보니 머리가 굴러가기 시작한 것이다.

이런 생각이 들자 민우는 자신의 투수 능력치에 대한 궁금증이 생겼다.

"그런데 투수 능력치는 어떻게 보는 거지? 생각하면 되나?"

'투수 능력치.'

타자가 아닌 투수를 생각하며 능력치를 알고 싶다는 생각을 하자 순식간에 시야에 보이던 타자 메뉴가 사라지고 투수 메뉴가 떠올랐다. 좌측 상단에 떠있던 '타자(Batter)'라는 문구는 어느새 '투수(Pitcher)'라는 문구로 바뀌어 있었다.

투수라고 쓰인 문구의 아래로 시선을 돌리니 기존에 있던 기호와는 조금씩 차이가 있는 기호들이 자리하고 있었다.

공이 바람을 가르는 모습, 야구공을 던지는 손의 모습, 머리를 손으로 쥐고 있는 모습, 조그마한 병을 들고 마시는 모습, 하트 모양.

5가지 기호는 제각기 다른 수치를 보이고 있었다.

"이것 참, 처음 능력치가 생겼을 때가 생각나는걸."

민우는 처음 자신에게 능력이 생겼을 때를 떠올렸다. 그때도 지금처럼 생소한 기호들이 나타났고, 하나하나 제각기 다른 능력을 보이고 있었기 때문이다.

'게임으로 치면… 투수 모드라고 해야 되는 건가?'

처음 능력이 생기고 약 2달 만에 새로운 기능을 발견한 것이었다.

'어디 그럼… 내 투수 능력치는 몇이냐?'

[강민우, 23세]

－구속[E, 59(2%)/100], 제구[B, 48(75%)/100], 멘탈[B, 44(54%)/100], 회복[E, 57(35%)/100].

－장착 구종 [포심 패스트볼, 총 1/4]

－종합 [E, 208/400]

"오~"

민우는 자신의 투수 능력치가 나타나자 얕은 감탄사를 내뱉었다. 그리고 자신의 능력치 수치를 하나하나 확인하기 시작했다.

"어디 보자. 구속은 박명헌 선수보다 조금 낮은 수치인데… 제구랑 멘탈, 회복이 영 아니구나."

구속을 확인하고 밝아졌던 민우의 표정이 다음 수치들을 보며 다시금 어두워졌다.

"아이고, 근데 내가 투수로 전향할 것도 아닌데 왜 섭섭해하고 있는 거지?"

누가 봤다면 욕심도 과하다고 욕할지도 모를 일이었다. 순간 그런 생각이 드니 민망해지는 민우였다.

"그래도 어떻게 해야 능력치가 상승하는지 궁금하긴 한데… 한번 볼까?"

사람이란 무릇 호기심의 동물이라고 했다. 민우는 투수로 전향할 생각은 없었지만 궁금함마저 없어지지는 않았다.

"먼저 구속!"

굳이 입으로 외칠 필요는 없었지만 민우는 자신도 모르게 소리를 내버렸다. 그러자 그와 동시에 좌측에 줄지어 있던 기호 중 야구공이 '슈욱' 하며 눈앞으로 날아왔다.

[구속]
—익스퍼트[Expert], [59/100].
—구속은 투수의 최고 구속과 구속 조절에 영향을 주는 수치입니다.
—구속이 1 상승할 때마다 투수의 최고 구속이 0.85㎞ 상승합니다.(기준수치 10~100㎞, 현재 +41.65㎞)
—구속이 1 상승할 때마다 투수의 구속 조절 능력이 0.5%

상승합니다.(현재 +29.5%)

　─다양한 웨이트 트레이닝과 투구 경험을 통해 일정량의 경험치를 얻을 수 있습니다.

　─웨이트 트레이닝을 통해 구속 수치를 일정량까지 향상시킬 수 있습니다.(최대 80)

　─투구 경험을 통해 구속 수치를 최대치까지 향상시킬 수 있습니다.(최대 100)

　─경기를 통해 안타, 홈런을 맞는 경우에도 일정량의 경험치를 얻을 수 있습니다.(제한 없음)

　─경기를 통해 구속 수치를 최대치까지 향상시킬 수 있습니다.(최대 100)

　─아주 특수한 경험을 통해 많은 경험치를 얻을 수 있습니다.(제한 없음)

　"엥? 그러니까… 내 최대 구속이 141㎞라고?"

　민우로서는 투수 능력치의 존재도 놀라울 따름이었는데, 자신이 141㎞의 공을 던질 수 있다는 것을 쉽사리 믿기 힘들었다.

　만약 어느 풋내기 선수가 140㎞를 넘는 빠른 공을 뿌려댄다고 하자. 그런 선수가 있다면 팀에서는 당장에라도 그 선수를 투수로 전향시켜 1군 진입을 목표로 잡을 것이다.

　다만, 뛰어난 제구력으로 원하는 곳에 제대로 찔러 넣을 능력이 있다는 전제하에서이지만 말이다.

"뭔가 이상한데?"

민우는 의문을 품은 채로 제구 능력의 설명을 확인했다.

[제구]

—비기너[Beginner], [48/100].

—제구는 투수의 최고 구속과 투구의 제구력에 영향을 주는 수치입니다.

—제구 수치가 구속과 동등하거나 그 이상이어야 최대 구속을 뽑아낼 수 있습니다. 제구 수치가 구속 수치에 비해 1 하락할 때마다 최대 구속이 1km 하락합니다.(현재 —11km, 현재 최대 구속 130.65km)

—제구가 1 상승할 때마다 투수의 제구력이 1% 상승합니다.(현재 +48%)

—제구 수치가 구속 수치에 비해 1 하락할 때마다 투수의 제구력이 1% 하락합니다.(현재 —11%)

—제구 수치가 구속 수치에 비해 1 상승할 때마다 투수의 제구력이 1% 상승합니다.(현재 +0%)

—다양한 웨이트 트레이닝과 투구 경험을 통해 일정량의 경험치를 얻을 수 있습니다.

—웨이트 트레이닝을 통해 제구 수치를 일정량까지 향상시킬 수 있습니다.(최대 70)

─투구 경험을 통해 제구 수치를 최대치까지 향상시킬 수 있습니다.(최대 100)

─경기를 통해 안타, 홈런을 맞는 경우에도 일정량의 경험치를 얻을 수 있습니다.(제한 없음)

─경기를 통해 제구 수치를 최대치까지 향상시킬 수 있습니다.(최대 100)

─아주 특수한 경험을 통해 많은 경험치를 얻을 수 있습니다.(제한 없음)

민우는 제구 능력치에 대한 설명을 보고나서야 자신의 구속에 대한 사실을 깨달을 수 있었다.

"그럼 그렇지… 도와줄 거면 확 도와주면 얼마나 좋아?"

자신에게 일어난 기적에 언제나 감사하고 있는 민우였지만, 살짝 불평 아닌 불평을 내뱉는 민우였다.

"이것 참… 마냥 좋지만은 않은 시스템이네."

현재 민우가 130.65㎞의 구속으로 원하는 곳에 공을 뿌릴 확률은 고작 37%에 불과했다.

만약 10개의 공을 던지면 약 4개의 공만이 제대로 제구가 된다는 말이었다.

물론 확률이라 함은 절대적인 수치는 아니라고 할 수 있지만 37%보다는 57%, 57%보다는 87%가 나은 것만은 사실이었다.

"제구가 되지 않는 투수는 투수라고 할 수 없지."

수없이 많은 야구 경기를 지켜보며 민우는 150㎞대의 공을 던지는 신인이 통타를 당하는 것을 보았고, 130㎞대의 공을 던지는 노장 투수가 10승을 거두는 것을 두 눈으로 똑똑히 보았다.

민우는 이러한 간접 경험을 통해서 투수의 제구력이 가장 중요하다는 사실을 은연중에 깨닫고 있었다.

'150㎞ 던지고 제구가 안 되는 선수보다 140㎞대 초반에 제구가 되는 선수가 훨씬 낫다.'

이는 프로야구 첫 100승 투수이자 최고의 투수 지도자로 일컬어지는 엑셀 히어로즈의 김서진 감독이 투수를 훈련시킬 때면 항상 강조하는 말이다.

이것의 의미는 간단하다. 투수의 제구가 되지 않는 빠르기만 한 공은 아무런 의미가 없다는 뜻이다.

이처럼 투수에게는 제구력이 최우선으로 갖추어야 할 능력인 것이다.

하지만 민우는 구속에 비해 제구력은 형편없는 수준이었기 때문에 투수의 길을 걷기 위해서는 엄청난 훈련을 동반해야 하는 상황이었다.

잠시 투타 겸업이라는 거창한 상상을 했던 민우는 고개를 절레절레 저었다.

"꿈은 크게 클수록 좋다지만… 허황된 꿈은 꾸지 말아야지."

민우는 이어서 멘탈 능력과 회복 능력의 설명을 확인해 보았다.

[멘탈]

―비기너[Beginner], [44/100].

―멘탈은 투수의 제구력에 영향을 주는 수치입니다.

―멘탈이 1 상승할 때마다 투수의 제구력이 0.2% 상승합니다.(현재 +8.8%)

―멘탈 수치가 1 상승할 때마다 피안타시 투수의 제구에 영향을 줄 확률이 1% 하락합니다.(현재 ―44%)

―멘탈 수치가 1 상승할 때마다 득점권 주자 상황에서 투수의 제구에 영향을 줄 확률이 0.8% 하락합니다.(현재 ―35.2%)

―다양한 상황의 투구 경험을 통해 일정량의 경험치를 얻을 수 있습니다.

―투구 경험을 통해 멘탈 수치를 최대치까지 향상시킬 수 있습니다.(최대 100)

―경기를 통해 안타, 홈런을 맞는 경우에도 일정량의 경험치를 얻을 수 있습니다.(제한 없음)

―경기를 통해 멘탈 수치를 최대치까지 향상시킬 수 있습니다.(최대 100)

―아주 특수한 경험을 통해 많은 경험치를 얻을 수 있습니다.(제한 없음)

[회복]

―익스퍼트[Expert], [57/100].

―회복은 투수의 등판 후 컨디션과 체력 회복에 영향을 주는 수치입니다.

―회복이 1 상승할 때마다 투수의 체력 회복 능력이 1% 상승합니다.(현재 +57%)

―하루 체력 회복 능력 기준치는 1입니다.(현재 +57)

―회복이 1 상승할 때마다 투수의 컨디션(최하, 하, 중, 상, 최상으로 구분)상승 확률이 1% 상승합니다.(현재 +57%)

―다양한 웨이트 트레이닝과 투구 경험을 통해 일정량의 경험치를 얻을 수 있습니다.

―웨이트 트레이닝을 통해 회복 수치를 최대치까지 향상시킬 수 있습니다.(최대 100)

―투구 경험을 통해 회복 수치를 최대치까지 향상시킬 수 있습니다.(최대 100)

―아주 특수한 경험을 통해 많은 경험치를 얻을 수 있습니다.(제한 없음)

"멘탈도 제구력에 영향을 주는구나."

민우는 야구 중계를 보면서 캐스터와 아나운서가 가끔 투수의 멘탈에 관해 이야기하는 것을 종종 들은 기억이 있었다.

야구는 흔히들 멘탈 게임이라고 한다.

야구장에서 투수에게 영향을 주는 요소는 수없이 많다.

게임 외적으로는 언론의 과도한 포장이나 공격부터 시작해서 팬들의 관심과 안티 팬들이 주는 스트레스, 구단과의 관계 등을 들 수 있다.

게임 내적으로는 승부처에서의 스트레스, 야수의 실책 등을 들 수 있다.

투수는 마운드에서 야구공을 던짐으로서 경기를 진행시킨다. 그렇기에 더그아웃의 선수들부터 시작해서 코치들, 경기장에 온 수많은 팬이 모두 투수를 향해 시선을 집중시킨다. 이 때문에 투수는 엄청난 중압감을 느끼게 된다.

투수란 이 모든 것들과 싸워서 이겨내야만 하는 것이다.

아무리 피지컬이 좋다고 하더라도 좋은 멘탈이 뒷받침되지 않는다면 멘탈에 영향을 주는 다양한 요소들에 휘둘릴 것이다.

이는 곧 투수가 자신의 기량을 제대로 발휘할 수 없게 된다는 말이며, 이것이 바로 성적에 반영되는 것이다.

민우가 이처럼 세심한 부분을 알기까지는 아마 많은 시간과 경험이 필요할 것이다.

다만 민우의 경우는 다른 선수들과는 달리 능력치라는 특수한 시스템이 있어서 그 수치를 더 확실히 알 수 있고, 조금 더 수월하게 성장시킬 수 있다는 것이 장점이라면 장점이었다.

만약 민우가 투수로서 경기에 나서게 된다면 멘탈이 어떤 영향을 끼치게 되는지, 스스로의 멘탈이 어느 정도인지 몸소 체험하게 될 것이다.

민우는 멘탈에 대해 잠시 살펴본 뒤 회복에 대한 설명으로 넘어갔다.

"어디보자… 체력 회복 능력은 뭐지?"

민우는 다른 부분은 대충 이해를 했다. 그런데 체력 회복 능력이라는 부분이 이해가 잘 되지 않았다.

"내 체력이 지금 몇이지?"

민우는 시야의 우측 상단을 확인해 봤다.

그곳에는 '체력 [34/121]'이라는 수치가 표시되고 있었고 단 두 줄의 설명이 쓰여 있었다.

[체력]
─체력은 웨이트 트레이닝과 러닝을 통해 상승시킬 수 있습니다.(최대 200)
─체력은 투수와 타자에게 공통적으로 적용됩니다.

"체력 최대치가 200이라는 건, 200까지 올릴 수 있다는 말인 것 같고… 하루 회복이 57이면 자고 일어나면 내 체력이 91이 된다는 말이구나."

체력 수치를 보고 나서 회복 설명을 다시 읽어보니 그제야 제대로 이해가 되었다.

투수 능력치에 대해 확인을 모두 마친 뒤, 민우가 다시 종합 능력치를 확인했다. 그런데 다른 투수들을 볼 때는 보이지 않았던 '장착 구종'이라는 부분이 눈에 띄었다.

"장착 구종은 뭐지?"

민우가 장착 구종에 대한 의문을 품자, 자연스럽게 설명이 나타났다.

[구종]
─구종의 등급은 노말(1~40), 비기너(41~50), 엑스퍼트(51~60), 레어(61~70), 유니크(71~80), 올스타(81~90), 레전드(91~100)로 나뉩니다.

─각 구질의 등급이 상승할수록 투구수에 따른 체력소모가 낮아집니다.

─투구수 1개 당 노말(−4), 비기너(−3.5), 엑스퍼트(−3), 레어(−2.5), 유니크(−2), 올스타(−1.5), 레전드(−1)의 체력이 소모됩니다.

[장착 구종(1/4)]
─포심 패스트볼 [B, 48(75%)/100]
─비어 있음.

─비어 있음.

─비어 있음.

"구종도 등급으로 나뉘는구나. 비어 있다는 건 새로운 구종을 배울 수도 있다는 말이겠지?"

민우는 자신이 소유한 능력치에 대해 또 한 번 놀랄 수밖에 없었고, 아직도 자신이 모르는 정보가 더 있을 것이라는 생각이 들었다.

"어쩌면… 진짜 투타 겸업이 가능할 수도 있겠는 걸?"

관심조차 없던 투수에 대해 다시금 생각해 보는 민우였다.

투수 능력치에 대해 살펴보는 것이 끝나자 배팅볼을 던지며 쌓인 피로에 잠이 쏟아져 왔다.

거기에 더해 퀘스트를 실패하며 배가된 근육통에 시달리며 민우는 눈을 감자마자 잠에 빠져 버렸다.

제10장

고난의 시작

첫 훈련에서 쌓인 피로가 컸던 것일까.

눈을 감았다 뜨니 언제 그랬냐는 듯 어둠의 장막이 깨끗이 걷혀 있었다.

벽에 난 창문을 통해 아침 햇살이 들어와 민우의 눈을 부시게 하고 있었다.

잠시 몸을 뒤척이던 민우는 이내 정신을 바로 잡았다.

"후… 오늘도 열심히 해보자, 민우야."

잠시 혼자서 다짐을 하며 중얼거린 민우는 빠르게 준비를 마친 뒤 훈련장으로 향했다.

훈련장에 도착한 민우는 더그아웃에 짐을 풀고 있었다. 그런데 저 멀리서 철승이 이쪽을 향해 다가오는 것이 시야에 잡혔다. 그 모습을 보니 문득 어제의 생각이 나 불안한 마음이 드는 민우였다.

철승의 지시에 배팅볼을 던지는 것까지는 별문제가 없었다. 그런데 상대해 줘야 할 선수가 너무 많았다. 거기에 퀘스트까지 발동하면서 무려 300개에 가까운 배팅볼을 던져야 했고, 하루 훈련 시간을 모두 허비했던 것이 바로 어제의 일이었다.

"으음……."

어제의 생각이 나자 민우는 나지막이 신음을 흘렸다. 민우의 눈에는 철승의 모습이 사형 선고를 내리러 오는 사자의 모습으로 보였다.

발소리가 점점 선명하게 들려왔고, 철승과의 거리도 점점 가까워지고 있었다.

척!

민우의 곁에서 걸음을 멈춘 철승이 시선을 돌려 민우를 바라봤다.

'슬픈 예감은 틀리지 않는 건가…….'

민우가 낙심하려던 찰나, 철승이 고개를 돌리더니 다른 선수를 호명했다.

오늘의 배팅볼 투수는 또 다른 신고 선수에게 돌아갔다.

'휴~'

민우는 속으로 안도의 한숨을 내쉰 뒤, 장구를 챙겨 그라운드로 향했다.

딱!

배터 박스에서 철승이 힘차게 배트를 돌리고 있었고, 그때마다 깨끗한 타격음과 함께 타구가 외야를 향해 쭉쭉 뻗어나갔다.

민우는 자신의 차례를 기다리며 조금 떨어진 공간에서 티 배팅을 하고 있었다.

"팔은 좀 괜찮아요?"

어느새 다가왔는지, 태곤이 민우에게 말을 건넸다.

공을 주워 티 바에 올려놓던 민우가 태곤의 목소리에 고개를 돌렸고, 반가운 표정으로 입을 열었다.

"아, 태곤 선배님. 다행히 별 탈 없이 푹 잤습니다. 걱정해 주셔서 고마워요."

민우의 대답에 태곤이 가볍게 웃으며 말을 이었다.

"하하. 다행이네요. 사실 어제 하루 종일 배팅볼만 던지시기에 조금 걱정이 됐어요. 처음부터 무리하면 좋을 게 없거든요."

'나이가 어린데도 생각이 깊다. 정말 착한 사람이야.'

"그렇죠. 사실 제가 공을 많이 던져본 적이 없었거든요. 그래서 숙소에 가자마자 바로 뻗어버렸지 뭐예요."

민우가 비밀 아닌 비밀을 알려주자 하자 태곤이 살짝 놀란 표정을 지었다.

"아… 그러고 보니 사회인 야구만 하셨다고 들었는데, 투수 경험도 있으신 거예요?"

태곤의 질문에 민우가 전혀 아니라는 듯 고개를 저었다.

"아뇨. 투수로 뛰어본 적은 없어요. 태어나서 마운드를 밟아본 게 어제가 처음인걸요."

"그렇구나… 어제 배팅볼 던져주실 때 투구 밸런스가 그럭저럭 잡혀 있는 것처럼 보여서 경험이 있으신 줄 알았거든요."

"아하하… 그러셨군요."

태곤이 어제 자신의 투구를 자세히 지켜보고 있었다는 것을 알게 되자 민우는 살짝 어색한 듯 웃음을 지었다.

"네, 보통 투수 경험이 없으면 밸런스도 잘 안 잡혀서 제대로 공을 못 던지는데. 조금 신기하네요."

"왠지 칭찬받는 기분이네요."

'능력치랑 퀘스트 도움을 조금 받았다는 걸 알면 무슨 표정을 지을까.'

"하하. 칭찬 맞아요. 포수의 직감이지만, 투수로서 가능성이 보인다고 해야 할까요? 다음에 제가 공 받아드릴 테니까 편하게 한 번 던져보세요."

태곤이 민우가 예상치 못한 의외의 말을 꺼냈다.

아직은 그저 가능성일 뿐이지만 만약 투수로의 길을 걷게 된다면 포수와 호흡을 맞춰보는 경험도 필요한 일이었다.

"그래도 방해가 안 될까요?"

민우가 조심스레 말을 꺼내자 태곤은 오히려 그렇지 않다는 듯 손사래를 쳤다.

"물론이죠. 포수의 가장 기본 역할이 바로 제대로 된 포구니까요. 포수한테는 다양한 유형의 공을 받는 경험도 중요하거든요. 미트질 연습도 해야 하고, 2루 송구도 연습해야 하고요. 그런데 한 투수가 많은 공을 던지는 데는 무리가 있거든요. 가끔은 모든 투수들한테 공을 받아도 부족함을 느낄 때가 많아요. 저에겐 오히려 도움이라고 말씀드릴 수 있어요."

민우는 태곤이 일부러 과장된 몸짓과 말로 자신에게 부담을 주지 않으려고 하는 것처럼 느껴졌고, 그 마음 씀씀이가 고마웠다.

"네, 그럼… 다음에 기회가 된다면 부탁할게요."

"아니에요. 오히려 제가 부탁을 드리는걸요. 하하."

민우의 긍정적인 대답에 다시금 웃음기를 머금는 태곤이었다.

"민우야, 네 차례다."

민우가 태곤과 대화를 끝마침과 동시에 병호가 민우를 불렀다.

선배들의 배팅 연습이 끝나고 마지막으로 민우의 차례가 돌아온 것이었다.

"네, 알겠습니다."

민우는 태곤에게 살짝 고개인사를 한 뒤, 배팅 연습이 한창이던 배터 박스 쪽으로 향했다.

배팅볼을 던지던 선수는 많이 지친 듯한 기색이 역력했다.

'어제 내 모습도 저랬겠지.'

이날 민우는 마치 배팅볼 투수로 첫날을 날려 버린 것에 시위하는 듯한 호쾌한 타격을 보여주었다.

그 결과, 40개의 배팅볼을 받아쳐 그중 10개의 공을 펜스 밖으로 넘겨 버렸다.

하지만 끝인 듯 보였던 민우의 고난은 이제 시작일 뿐이었다.

민우는 첫날 이후 하루걸러 하루 꼴로 배팅볼 투수로 배정이 되었다.

배팅볼을 던지는 날마다 퀘스트 역시 계속해서 발동되었다.

첫날에는 류한진이었다면, 둘째 날에는 김강현, 셋째 날에는 양헌종… 끊임없이 퀘스트가 발동되며 매번 다른 투수들의 투구 폼을 보여주었다.

민우는 한 가지 폼이 아닌, 계속해서 바뀌는 투수 이미지에 제대로 적응을 하지 못하고 있었다. 민우 나름대로 열심히 투구 폼을 배우고 따라하려 노력을 하고 있었지만 아직까지

300개라는 목표치에는 도달하지 못하고 있었다.

다만 점점 성공 판정을 받는 경우가 늘어나고 있다는 점이 위안이라면 위안이었다.

민우는 수없이 많은 배팅볼을 던졌다.

처음 철승의 의도는 민우의 '군기'를 잡는 것이었다. 그런데 그 의도와는 다르게 민우는 지친 모습을 보이면서도 포기하지 않고 훈련이 끝날 때까지 수많은 공을 던졌다.

누군가는 민우가 투수 전향을 위해 다양한 투구 폼을 실험하고 있는 게 아니냐고 생각할 정도였다.

이런 민우의 끈기 넘치는 모습은 민우의 이미지를 바꾸는 데 의외의 효과를 불러일으켰다.

"민우 쟤 오늘로 몇 일째야?"

민우가 땀을 흘리며 배팅볼을 던지는 모습을 지켜보던 대영이 질렸다는 표정으로 입을 열었다.

"으음… 3주쯤 된 거 같은데요?"

그러자 대영의 옆에 나란히 서서 그 모습을 지켜보던 방경수가 대영의 질문에 잠시 머리를 굴린 뒤 궁금증을 해결해 주었다.

"햐… 저놈 저거 어디서 갑자기 튀어나와가지고 포지션이 중견수라고 해서 조금 거슬렸는데, 저 끈기 하나는 인정해 줘야겠다. 어떻게 배팅볼을 저렇게 던지고도 한마디 불만이 없냐."

"그러게 말이에요. 저라면 진작 철승 선배한테 숙이고 들어 갔을 텐데요."

"요령이 없다고 해야 되나, 야구밖에 모르는 바보라고 해야 되나."

대영과 경수가 대화를 하던 와중 대영의 타격 차례가 돌아왔고, 대화는 거기서 끝이 났다.

이처럼 민우에 대한 시선이 바뀐 이들은 대영과 경수뿐이 아니었다.

처음 민우가 팀에 합류했을 때, 민우에게 못마땅한 눈초리를 보내던 무리와 민우를 안쓰럽게 쳐다보던 두 무리의 시선이 이제는 신기한 존재를 보는 듯한 눈빛으로 서서히 변해가고 있었다.

이 모든 게 민우의 꾸준함이 있었기에 가능한 일이었다.

다만, 민우가 이렇게 별말 없이 묵묵히 배팅볼을 던지는 것이 퀘스트 때문이라는 것은 아무도 모르고 있었지만 말이다.

"아이고 힘들다. 역시 노가다는 할 짓이 못 돼."

민우는 오늘도 어김없이 숙소로 돌아오자마자 침대에 픽 하고 쓰러지며 앓는 소리를 냈다.

민우는 오늘로 팀에 합류한 지 20일이 지났다. 그동안 정확히 10일을 배팅볼 투수로 주야장천 타자들을 위해 배팅볼을 던졌다.

"그나저나 큰일이네. 퀘스트를 전부 실패하다니……."

민우는 처음 퀘스트가 발동되었을 때는 갑작스런 상황이기도 하고, 투수의 투구 폼을 따라서 던지는 것이 익숙지 않아서 실패했다고 생각했었다. 하지만 투수 능력치를 발견하고 자신의 투타 겸업 가능성에 대해 생각한 뒤로는 최선을 다해 투구 폼을 익히려 노력했다고 자신했다.

그런데 문제는 퀘스트가 새로 발동될 때마다 이미지로 나타나는 투수가 달라진다는 점이었다.

"익숙해질 만하면 다른 투수가 나와 버리니… 퀘스트의 의도를 모르겠단 말이지."

계속해서 바뀌는 퀘스트의 투수 이미지가 의미하는 바가 무엇인지 민우는 감이 잡히질 않았다. 다만 한 가지 알 수 있는 것은 퀘스트를 통해 나타난 투수들이 모두 좌투수라는 점이었다.

"내가 왼손잡이니까 당연한 거 같은데… 뭔가 의미가 있으려나?"

의도를 파악하기 위해 이리저리 머리를 굴려보았지만 답은 쉽게 나오지 않았다.

결국 민우는 양손으로 머리를 쥐어뜯더니 자포자기한 듯 몸을 뒤집어 베개에 얼굴을 파묻었다.

그래도 불행 중 다행이라고 할 만한 것이 있었다.

배팅볼은 전력투구를 하는 것이 아니었기에 체력 소모가

생각보다 그렇게 크지 않다는 점이었다. 그 덕에 민우가 훈련을 중간에 포기하거나 하는 일은 없었다.

또, 죽으라는 법은 없는지 배팅볼 투수로 배정된 다음날은 휴식을 부여받았기에 쓰러지지 않고 버틸 체력을 비축할 수 있었다. 오히려 체력이 크게 소모되고 다시 회복되는 과정을 거치며 체력 수치가 조금이나마 상승하는 이득도 보았다.

"어디보자… 능력치가 얼마나 올랐지?"

[강민우, 23세]
[타자]
─파워[N, 37(38%)/100], 정확[B, 42(75%)/100], 주력[B, 44(35%)/100], 송구[B, 41(62%)/100], 수비[N, 40(27%)/100].
─종합 [N, 204/500]

[투수]
─구속[E, 59(82%)/100], 제구[E, 51[─3](15%)/100], 멘탈[B, 44(94%)/100], 회복[E, 59(44%)/100].
─종합 [E, 213[─3]/400]
─퀘스트 실패 페널티(제구 ─3)가 적용되고 있습니다.(남은 시간 6일 21시간 39분)

"타자 능력치는 정확 빼고 1정도 올랐고… 투수 능력치는 제구가 3오르고 회복이 2가 올랐네."

민우는 능력치를 확인하고는 이마에 내 천자를 그리며 인상을 찌푸렸다.

"앞으로도 이런 식이면 곤란한데… 거의 한 달 가까이 지났는데 그중에 반을 배팅볼 던져주느라 날려먹은 셈이잖아."

민우는 자신의 본업인 타자로서 소홀할 생각이 전혀 없었다.

하지만 팀에서 민우의 위치가 문제였다.

피라미드로 표현하자면 가장 아래층에 깔려 있는 돌멩이 중 하나가 바로 민우였다.

그런 민우에게 훈련의 선택권이란 존재하지 않았다.

이처럼 현실은 민우의 바람과는 반대였고, 민우는 훈련의 대부분 전업 배팅볼 투수로 시간을 보내고 있었다.

문제는 배팅볼을 던지는 개수가 너무 많다는 것이었다.

배팅볼 투수로 하루를 날리면, 그 다음날은 타자로서 훈련을 소화해야 할 체력이 모자랐다.

타자로서 훈련을 하지 않는다면 얼마든지 무리 없이 배팅볼을 던질 수 있었다.

하지만 민우의 본업은 타자, 즉 타격 연습과 수비 연습은 필수적이었다. 그리고 이런 연습은 잠깐 하고 끝나는 것이 아니었기에 체력 소모가 상당했다.

처음 배팅볼을 던졌던 다음 날엔 그래도 체력이 그럭저럭 남아 있었다.

하지만 날이 갈수록 체력이 조금씩 조금씩 고갈되기 시작했다.

어느 날 부터는 스윙 연습을 할 때부터 배트가 무겁다는 느낌을 받기 시작했다.

그리고 티배팅을 한 뒤, 다른 선수가 던져주는 배팅볼을 받아치다 보면 해가 채 떨어지기도 전에 체력이 붉은색으로 변했다.

그와 동시에 붉은색이 긍정적인 의미가 아니라는 듯, 온몸에 점점 무기력감이 찾아왔다.

체력이 떨어지자 배트는 더욱 무겁게 느껴졌고, 제대로 된 스윙조차 하기 힘들었다.

수비를 위해 외야를 뛰어다니는 것도 몸이 잘 따라주지 않았고, 어려운 공을 놓치는 경우가 점점 더 많아졌다.

결국 충분히 훈련을 하고 난 뒤에 맛보던 상쾌한 피로감 대신, 신체적으로도 심리적으로도 만족감이 없는 불쾌한 피로감을 느끼며 훈련을 마쳐야 했다.

훈련을 원하는 만큼 충분히 소화할 수가 없다는 것은 선수로서는 큰 타격이나 마찬가지였다.

겉으로는 아무런 티도 내지 않고 묵묵히 자신의 역할에 충실해 보였지만, 속으로는 조금씩 곪아가고 있었다.

"휴… 답답하다."

민우는 시간이 지날수록 서서히 조급한 마음이 생기고 있었다. 조급함은 일을 그르치게 만드는 최대의 적이었지만 민우에게 여유란 그저 사치일 뿐이었다.

　민우는 집안의 가장이었고, 자신의 꿈을 위해서뿐만 아니라 가정을 지키기 위해서라도 하루 빨리 1군 진입을 시도해야 하는 형편이었기 때문이다.

　"그래도 다행인건 내일이 개막전이라는 거지."

　이런 민우의 상황에 다행이랄 법한 일은 내일부터 퓨쳐스리그가 대장정을 시작하는 날이라는 점이었다.

　그 말은 바로 민우에게도 본격적으로 실전에서 뛸 기회가 올 것이라는 뜻이었다.

　"일단 자자. 조금이라도 더 자야 내일 체력이랑 컨디션이 제대로 올라올 테니까."

　생각을 하면 할수록 복잡해지는 머릿속이 답답했지만, 피곤에 찌든 몸은 민우가 다른 생각을 할 겨를을 주지 않고 꿈의 세계로 이끌었다.

　이내 방 안에는 민우가 코를 고는 소리만이 가득 울려 퍼졌다.

제11장

퓨처스리그 개막

　프로야구 2군 리그인 퓨처스리그는 북부리그와 남부리그의 양대 리그로 시즌을 진행했다.

　2010시즌에는 북부리그 5개 팀(상무, 경찰청, 대산 베어스, LC 트윈스, AK 와이번스)과 남부리그 5개 팀(로키 자이언츠, 하나 이글스, GIA 타이거즈, 삼정 라이온즈, 엑셀 히어로즈)으로 나뉘어 경기를 치루는 일정이 확정, 발표되었다.

　퓨처스리그는 같은 리그 소속 팀과는 각각 18차전을 치루는 방식으로 72경기를, 타 리그 소속 팀과는 각각 6차전을 치루는 방식으로 30경기를 진행하여 각 팀이 한 시즌에 총 102경기를 진행하고 있었다.

다만 1군 리그처럼 포스트시즌 경기는 존재하지 않고, 대신 양대 리그 1위 팀 중 성적이 우수한 팀이 통합 우승을 차지하는 시스템이었다.

이중 LC트윈스는 북부리그에 소속되어 있었는데 2부 리그 전통의 강팀인 경찰청과 상무와 같은 리그라는 점이 단점이자 장점이 될 수 있었다.

경찰청과 상무에는 병역 문제가 해결되지 않은 프로 선수들이 병역을 해결함과 동시에 경기 감각을 잃지 않기 위해 모집 인원보다 지원자가 더 많은 것이 현실이었다.

그렇기에 상무와 경찰청에 입단했다는 것은 다른 지원 선수들을 제치고 합격할 정도로 높은 수준을 가지고 있다는 뜻이었다.

이로 인한 단점이라면 리그 수준보다 높은 선수들이 퓨처스리그에 참여하여 타 팀들이 우승을 노리기 힘들다는 점이라고 할 수 있다.

반면 장점이라면, 2군에서 육성하고 있는 선수들이 1군에 올라가기 전에 1군 경기에 준하는 경험을 접하며 자신을 되돌아보고 한층 더 성장할 수 있다는 점이었다.

또, 코치진은 선수들이 1군에 올라갈 실력이 충분히 쌓였는지 판단할 수 있는 척도로 활용할 수 있었다.

"주목!"

다음 날 그라운드에 선수들이 모이자 수석 코치가 선발로 뛸 라인업을 발표했다.

투수를 제외하고 타자는 총 9명이 선발 출전을 하게 되는데 민우가 출전 가능한 포지션인 외야는 단 3자리가 있었고, 그중 민우의 포지션인 중견수 자리는 단 한 자리뿐이었다.

"1번 타자 중견수 이대영, 2번 타자 좌익수 박윤택, 3번 타자 지명타자 이병구, 4번 타자 1루수 백병호, 5번 타자 3루수 정상훈, 6번 타자 우익수 문제선, 7번 타자 2루수 방경수, 8번 타자 유격수 황철승, 9번 타자 포수 김태곤. 그리고 선발투수는 방중근. 이상이다."

그리고 당연하다는 듯 중견수의 자리는 이대영에게 돌아갔다.

LC트윈스에 소속된 신고 선수 중 외야수는 6명이 있었는데 기존 정식 선수들까지 포함하면 10명이 넘어가는 포화 상태였다.

그중 중견수는 심각한 타격 부진으로 2군으로 내려와 있던 이대영, 고교 유망주로서 2008년 시즌 중 대산 베어스와 LC트윈스로 트레이드로 합류한 김용희, 민우보다 먼저 팀에 합류한 신고 선수 박지웅, 마지막으로 민우가 있었다.

한마디로 민우의 중견수 순위는 4순위인 것이었고, 대영과 용희가 1군으로 올라가야만 그나마 주전으로 뛸 확률이 높아지는 것이었다.

개막전 선발 라인업에 호명된 선수들은 그럴 줄 알고 있었다는 듯 고개를 끄덕였고, 그렇지 못한 이들은 아쉬움을 속으로 감춰야 했다.

"자자! 빨리 빨리 움직여라."

희비가 엇갈리는 모습에 수석 코치는 빠르게 지시를 내렸고, 뭉그적거리던 선수들은 빠른 동작으로 뿔뿔이 흩어지기 시작했다.

'하아… 이제 시작이니까 당연한 거겠지만… 아쉽다.'

선발 라인업에 호명되지 못한 이들과 마찬가지로 민우 역시 속으로 아쉬움을 삼키고 있었다.

선발 라인업에 호명된 이들은 분주히 장비를 챙겨 그라운드로 달려 나가고 있었고, 그렇지 못한 이들은 그런 선수들의 뒷모습을 바라보며 더그아웃에 흩어져 하나둘씩 털썩 주저앉았다.

"민우, 세민, 승윤. 오늘은 너희가 심판진 물 담당, 볼 담당, 배트 회수 담당이다. 경기 흐름 끊기지 않게 빠릿빠릿하게 행동해라."

"네."

"네!"

"알겠습니다."

오늘 선발 라인업에서 제외된 이들 중 제일 고참인 명헌의 지시에 민우를 포함해 이름이 불린 선수들이 빠르게 움직였다.

예전에 비해 프로야구의 기반 시설이나 환경이 많이 발달했다고는 하지만, 아직까지 2군 경기에서는 막내 선수들이 대체로 경기 보조 역할을 하는 것이 현실이었다.

그리고 오늘 시즌 개막전부터 민우가 그중 한 명으로 당첨이 된 것이다.

'오늘은 선수가 아니라 경기 보조 요원이나 하겠구나.'

냉장고에 물을 챙기러 가면서 속으로 한숨을 내쉬는 민우였다.

―아~ LC트윈스가 6회까지 6 대 3의 스코어로 앞서고 있는데요.

―그렇습니다. 오늘 양 팀의 선발 선수들이 모두 컨디션이 그리 좋아 보이지 않았는데요.

―예, 그렇죠. 홈팀인 LC 선발 방중근 선수는 평소보다 직구 구속이 상당히 떨어져 있는 상태였는데, 바로 직전 이닝에서 결국 2루타 한 방에 3점을 내주고 말았습니다.

경기는 6회까지 6 대 3의 스코어로 LC가 3점을 앞서고 있었다.

LC의 선발투수는 민우가 테스트를 볼 때 한 번 보았던 방중근이었다. 중근은 컨디션이 좋지 않은지 직구 평균 구속이 130㎞ 중반을 오고가며 매 회 1개의 안타를 맞고 있었다.

결국 5회 말 만루 상황에서 대산의 4번 타자인 임동주에게 싹쓸이 2루타를 맞고 3실점을 하고 말았다.

대산의 선발투수는 2010년 1라운드 전체 2순위 지명을 받아 팀에 입단한 장신 유망주 장민욱이었다. 하지만 207㎝라는 큰 키에 비해 직구 구속이 140㎞를 넘지 못하고 있었고, 이외에 변화구는 슬라이더 하나만을 던질 줄 아는 것이 단점이었다.

그럼에도 대산에서 그 성장 가능성을 보고 영입을 한 선수였고, 차세대 선발투수로 키우려는 프런트의 판단으로 2군에서 실력을 다듬고 있는 중이었다.

하지만 오늘은 경기 시작과 동시에 첫 번째 타자부터 연타석 안타를 맞은 뒤에 3번 타자인 병구에게 3점 홈런을 맞는 바람에 초반부터 3실점을 한 상황이었다.

이후에도 매회 1점씩을 헌납하며 게임을 쉽게 풀어가지 못하고 있었다.

길기태 감독은 경기를 지켜보며 선수들의 몸 상태와 컨디션을 체크했고, 1군에 올라갈 만한 선수가 있는지 코치들과 계속 상의를 하고 있었다.

"중근이가 오늘 컨디션이 좋지 않군요."

기태가 입을 열자 옆에 있던 최명석 투수 코치가 고개를 끄덕였다.

"살짝 감기 기운이 있어서 거를까 싶었는데, 본인이 굳이 나가겠다고 해서 그러라고 했습니다."

"그랬군요. 뭐, 지금까지는 괜찮으니 다행입니다만, 다음 이닝에는 교체를 해야겠습니다."

"그럼 불펜에 준비하라고 하겠습니다."

말을 끝낸 명석이 종종걸음으로 불펜 쪽으로 향했다.

"오늘 대영이가 타격이 좀 되는군요? 나 코치님이 고생 좀 하셨겠습니다."

기태가 이번에는 찬엽을 바라보며 입을 열었다.

찬엽은 '허허' 하는 소리를 내며 만족스러운 웃음을 지었다.

"허허. 대영이가 타격에 집중을 못하고 일단 맞추고 뛰자는 식으로 스윙을 하는 게 문제였잖습니까. 한 달 동안 특타를 좀 시키면서 몸에 밴 버릇을 없애려고 노력했더니 효과가 조금 있는 모양입니다. 뭐… 앞으로 뛰는 모습을 더 지켜봐야겠지만 말이죠."

찬엽의 대답에 기태가 고개를 끄덕였다.

"그렇죠. 흠… 슬슬 대영이는 빼도 될 것 같은데… 누굴 넣어보면 좋겠습니까?"

기태의 물음에 찬엽이 잠시 더그아웃으로 시선을 돌리더니 물을 들고 뛰어오는 민우와 눈이 마주쳤다.

"민우 녀석을 한 번 넣어보시죠. 요새 선수들 사이에서도 노력파라고 소문이 자자하더군요."

"흠, 좋은 생각입니다. 그렇게 해보죠."

찬엽의 말에 기태가 동의의 뜻을 내비치자 찬엽이 곧장 민우를 불렀다.

"민우야."

이닝 교체 타임에 주심에게 물을 가져다준 뒤 돌아오던 민우는 자신을 부르는 찬엽의 목소리에 빠르게 그의 곁으로 다가갔다.

"네, 코치님."

민우의 재빠른 몸짓에 찬엽이 씨익 웃으며 입을 열었다.

"좋은 소식이 있다."

민우는 찬엽의 입에서 무슨 말이 나올지 예상이 되어 심장이 두근거렸지만 겉으로는 담담한 척 되물었다.

"그게 뭔가요?"

"감독님이 교체 출전을 지시하셨다. 얼른 장비 준비하고 몸 풀어라."

찬엽의 입에서 자신이 예상한 말이 나오자 민우의 얼굴에 화색이 돌았다.

"정말입니까?"

"그래, 인마. 다 네 녀석이 열심히 하는 모습을 보여서 그런 거야. 그러니까 퍼뜩 움직여라."

"네, 알겠습니다."

리그 첫 출전 명령이었다.

비록 교체이긴 하지만 민우의 행보에 시작을 알리는 총성과도 같았다.

'드디어!'

겉으론 담담하게 대답했지만, 속으로는 흥분이 일고 있었다.

대답을 마치고 고개를 꾸벅거린 민우가 잽싸게 자신의 장비를 챙겨 불펜 쪽으로 이동해 가볍게 몸을 풀기 시작했다.

그리고 그런 모습을 지웅이 어두운 표정으로 지켜보고 있었다.

　　　　　*　　　　*　　　　*

7회 초, 대산 베어스는 선발투수 장민욱을 내리고 우완 계투 홍삼을 등판시켰다.

140㎞ 후반의 빠른 직구를 소유하고 변화구로는 슬라이더와 포크볼을 던질 줄 아는 투수였다.

주무기는 타자 앞에서 뚝 떨어지는 130㎞ 후반의 포크볼이었다.

7회 초 LC트윈스의 선두 타자는 9번 타자인 포수 김태곤이었다.

민우는 대영의 자리인 1번 타자 자리에 배치되어 대기 타석에서 둘의 대결을 지켜보며 홍삼과 태곤의 능력치를 확인해 보았다.

[홍삼, 21세]
─구속[R, 69(13%)/100], 제구[R, 64(41%)/100], 멘탈[E, 51(45%)/100], 회복[R, 66(89%)/100].
─종합 [R, 250/400]

'홍삼의 능력치는 대체로 중근과 비슷한 수준이다. 다만 제구가 더 높아서 구속을 더 뽑아낼 수 있겠군. 멘탈은… 유리 멘탈인가?'

홍삼의 능력치 중 단연 눈에 띄는 점은 역시 구속과 제구의 조화였다.

구속 능력치는 중근과 비슷한 편이었지만 제구가 훨씬 높아서 중근보다 훨씬 높은 구속을 뽑아내는 것으로 보였다.

다만 멘탈은 상당히 떨어지는 편이었다.

민우는 생각을 마치곤 시선을 돌려 태곤을 바라봤다.

[김태곤, 22세]
─파워[N, 39(11%)/100], 정확[B, 44(62%)/100], 주력[N,

40(26%)/100], 송구[B, 45(84%)/100], 수비[B, 44(1%)/100].

　ㅡ종합 [N, 212/500]

'능력치가 전체적으로 조금씩 올랐군. 그동안 훈련을 열심히 했나 보네.'

태곤의 능력치는 처음 만났을 때보다 소폭 상승해 있었다.

'태곤이 홍삼의 속구를 제대로 칠 수 있을까?'

민우가 생각을 마치자 심판의 플레이 선언이 떨어졌고 홍삼이 송진 가루가 잔뜩 묻은 손으로 야구공을 매만지기 시작했다.

마운드 위에서 홍삼은 인상을 찌푸리고 있었다.

'젠장, 이놈의 2군은 지겨워 죽겠어. 빨리 1군으로 올라가고 싶다.'

홍삼은 초고교급 투수로 봉황대기 결승전에서 완봉승을 기록한 경력이 있을 정도로 고교 리그에서는 압도적인 스펙을 보인 선수였다.

처음 대산에 입단할 때만 해도 당장 1군에서 먹힐 선수라는 평가가 있었으나 잘 던지다가도 순식간에 무너지는 약한 멘탈 때문에 2군으로 떨어진 상태였다.

지난 시즌에도 시즌 막판까지 1군에서 중간 계투로 쏠쏠한 활약을 이어갔으나 시즌 종반 순위 경쟁 상황에서 폭투를 일삼아 이후 2군에서 멘탈을 다듬고 있는 중이었다.

그런 홍삼의 눈에 거슬리는 것은 1군에 비해 상당히 열악한 2군의 훈련 시설이었다.

1군에서 청결하고 편안한 생활을 하다가 2군으로 내려오니 모든 것을 자기 스스로 해결해야 했다. 바로 그 점이 홍삼은 마음에 들지 않았다.

평소 2군을 마음에 안 들어 하는 홍삼에게 오늘은 중요한 날이라고 할 수 있었다. 1군으로 올라갈 준비가 되었는지 확인하기 위해 컨디션 점검 차 투수 코치의 지시로 등판을 했기 때문이다.

홍삼은 공을 꽉 쥐고는 타석에 서 있는 어린 선수를 노려봤다.

'1군에서 뛰던 내가 이런 풋내기들한테 맞을 리가 없잖아.'

대산의 포수인 양의주는 그런 홍삼의 눈빛을 읽었지만 그 마음을 모르는 것이 아니기에 애써 넘기며 사인을 보냈다.

'초구는 바깥쪽 낮은 코스로 포심.'

의주의 사인에 고개를 끄덕인 홍삼이 빠르게 와인드업 자세를 취한 뒤 힘차게 공을 뿌렸다.

슈욱!

퍽!

"스트라이크!"

―초구는 147㎞의 포심으로 스트라이크를 잡아내네요.

―홍삼 선수, 오늘 컨디션이 아주 좋아 보입니다. 패스트볼이 제구가 아주 잘 되고, 묵직해 보여요.

―저것뿐만이 아니죠. 낙차가 아주 큰 포크볼도 보유하고 있지요. 타자의 눈앞에서 뚝 하고 떨어지는 포크볼을 조심해야 합니다.

―LC 선수들이 이번엔 긴장을 좀 해야겠습니다.

초구는 의주가 원한 방향에 정확히 꽂히며 스트라이크 판정을 받았다.

태곤은 초구를 보고 난 뒤 살짝 긴장한 기색을 보였다.

'빠르다.'

민우 역시 홍삼의 패스트볼 구속이 꽤나 빠르다고 느끼고 있었다.

이후 홍삼은 2구, 3구를 모두 패스트볼을 던지며 스코어를 유리하게 가져갔다.

1볼 2스트라이크의 상황.

순식간에 카운트가 몰려 버린 태곤이었다.

그런 태곤의 모습을 의주가 주의 깊게 관찰하고 있었다.

'어깨에 힘이 많이 들어가 있다. 포크볼로 요리하면 되겠어.'

의주는 홍삼이 로진백을 매만지고는 자신에게 시선을 보내자 낮은 코스 포크볼을 던지라고 사인을 보냈다.

홍삼은 가볍게 고개를 끄덕인 뒤, 와인드업 자세를 취했다.

슈욱!

홍삼이 공을 뿌리자 태곤은 배트를 있는 힘껏 크게 휘둘렀다.

그러나 배트가 홈 플레이트를 지날 때 공이 뚝 떨어지며 궤적을 바꾸는 모습이 보였다.

'이, 이런!'

퍽!

"스트라이크 아웃!"

─아! 바로 저거예요! 저 포크볼! 저걸 조심해야 합니다!

─맞습니다. 홍삼 선수의 포크볼은 낙폭이 거의 20㎝가 넘거든요. 저 공에 낚이면 허공에 배트질을 하고 김태곤 선수처럼 저렇게 더그아웃으로 돌아가게 되는 겁니다.

태곤은 억지로 배트를 멈춰보려고 노력했지만 결국 홈 플레이트를 지나서야 배트가 멈춰 섰고, 스윙이 인정돼 헛스윙 삼진아웃을 당하고 말았다.

전광판에 아웃 카운트를 의미하는 빨간불이 하나 들어왔다.

민우는 공 하나하나가 던져질 때마다 타이밍을 재면서 그 모습을 지켜보고 있었다.

삼진을 당한 태곤이 배터 박스를 벗어나 더그아웃으로 향했고, 드디어 민우가 대기 타석에서 벗어나 배터 박스로 향했다.

'직구 구속은 140㎞ 후반, 포크볼은 130㎞ 초반. 슬라이더는 아직 던지지 않았다.'

배터 박스로 다가가며 배트를 크게 붕붕 휘두른 민우가 숨을 크게 한 번 내쉬고는 배터 박스로 들어섰다.

―어~ LC트윈스가 중견수 이대영 선수를 빼고 대타를 사용하네요.

―음, 프로필을 보니 이번에 신고 선수로 LC트윈스에 합류했다고 나와 있는 것이 전부네요. 특이한 점은 중, 고교 기록이 전혀 없다는 점입니다. 이런 건 제가 캐스터 생활을 시작하고 처음 보는 경우입니다.

―그렇습니까? 하하. 사실 저도 처음 보는 경우입니다. 더군다나 이렇게 중간에 신고 선수로 합류하는 일이 흔치 않은데 말이죠? 어떤 점이 저 선수를 뽑게 했는지 궁금하네요.

―지금부터 확인해 보면 될 것 같습니다.

배터 박스의 가장 뒤쪽으로 붙어 선 민우는 스퀘어 스탠스를 취한 뒤 의주를 바라봤다.

그러자 의주 역시 민우를 바라보더니 씨익 하고 웃으며 입을 열었다.

"처음 보는 얼굴인데… 신입이지? 운이 나쁘네. 지금 홍삼이 공이 너무 좋거든. 기대해. 빨리 돌아가서 쉴 수 있게 해줄게."

흔히 볼 수 있는 포수의 도발이었다. 타석에 들어선 타자를 도발해 흥분하게 하거나 정신을 흐트러뜨려 타격을 방해하려는 의도였다.

민우는 그 도발에 넘어가지 않고 여유 있는 목소리로 화답했다.

"거절하겠습니다. 저는 그라운드가 더 좋거든요. 가볍게 하나 날려드리죠."

한마디씩 주고받은 뒤 민우와 의주는 동시에 홍삼을 향해 시선을 돌렸다.

'처음 보는 녀석이라 정보가 없다. 일단 바깥쪽으로 하나 빼보자.'

의주는 잠시 생각을 정리한 뒤, 다리 사이로 손을 넣어 홍삼에게 사인을 보냈다.

'초구는 바깥쪽 낮은 코스로 패스트볼 하나.'

홍삼은 고개를 끄덕이곤 와인드업 자세를 취한 뒤 빠르게 공을 뿌렸다.

슈웅!

펙!

"스트라이크!"

민우는 자신이 강점을 가지고 있는 패스트볼이 들어오기에 배트를 휘두를까 순간 고민했다. 그러나 궤적이 스트라이크존에서 살짝 빠지는 듯 보였기에 흘려보냈는데 주심의 판단은 스트라이크였다.

'아… 아깝다.'

공을 던진 후 민우를 바라보던 홍삼은 민우가 자신의 속구에 반응조차 하지 못하자 역시나 하는 표정을 지었다.

'그럼 그렇지. 생 초짜가 내 공을 건드릴 수 있을 리가 없지.'

의주는 그런 홍삼의 생각과 달리 유인구를 하나 던지자는 사인을 보냈다.

'이번엔 스트라이크존에서 살짝 빠지는 포크볼. 유인구로 하나.'

의주가 보내는 사인을 본 홍삼은 마음에 들지 않는다는 듯 인상을 찌푸리며 고개를 절레절레 흔들었다.

'왜 자꾸 빼라는 거야. 이제 갓 들어온 풋내기 따위한테 내 공이 맞을 리가 없잖아.'

―아~ 배터리의 사인이 계속 엇갈리는 모양이네요. 시간이

많이 지체되고 있어요. 강민우 선수도 이럴 땐 타임을 거는 모습이 필요한데요.

─아! 이제 홍삼 선수가 고개를 끄덕였습니다.

몇 번의 사인이 더 오간 뒤, 결국 의주는 홍삼의 고집을 꺾지 못하고 그의 선택을 따르기로 했다.

'어쩔 수 없지.'

사인 교환이 끝나기를 기다리던 민우는 홍삼이 와인드업 자세를 취하자 무릎을 살짝 굽히며 타격 준비 자세를 취했다.

이윽고 홍삼이 뿌린 포심 패스트볼이 홈 플레이트를 향해 빠르게 날아왔다.

슈욱!

'포심! 이건 안 놓친다!'

따악!

그와 동시에 빠르게 돌아간 민우의 배트가 홍삼이 던진 공을 깔끔하게 받아쳤고, 날아온 방향을 향해 빠른 속도로 되돌아갔다.

"윽!"

라인드라이브성 타구로 하마터면 홍삼에게 직격할 뻔한 타구는 아슬아슬하게 홍삼의 옆구리를 스쳐 2루 베이스 위를 지나갔다.

―아! 강민우 선수 안타를 만들어냅니다. 흘러가는 공을 바라보면서 여유 있게 1루에 도착합니다. 한 가운데로 몰린 패스트볼을 놓치지 않고 아주 깔끔하게 때려냈습니다.

―예. 아주 좋은 스윙이었습니다. 그나저나 홍삼 선수, 하마터면 큰일 날 뻔했어요. 타구가 조금만 옆으로 휘었어도 큰 부상으로 이어질 뻔했는데… 정말 다행입니다.

그사이 민우는 여유 있게 1루 베이스를 밟고 2루를 향해 몇 걸음을 더 디뎠다.

그러나 2루로 가기엔 단타성 타구였기에 민우는 더 진루하지 않고 1루로 되돌아갔다.

"아주 좋은 타격이었다."

"아! 넵. 감사합니다."

민우에게 다가온 1루 코치는 민우의 등을 두드리며 칭찬의 말을 건넸고, 민우는 보호 장구를 풀어 내밀며 감사의 말을 전했다.

홍삼은 조금 전 자신을 스쳐 지나간 타구에 몸이 살짝 긴장이 된 상태였다.

'젠장, 저 새끼. 아까는 반응을 못한 줄 알았더니… 너무 쉽게 쳐 냈잖아. 내 공이 그렇게 무딜 리가 없는데. 어떻게 된 거야, 저 자식!'

홍삼은 야구를 시작하고 나서 처음 겪는 위험한 상황이었기에, 또 풋내기 신인에게 통타를 당했다는 것에 도무지 마음이 진정이 되질 않았다.

민우는 자신을 노려보는 홍삼의 모습에 씨익 웃는 모습으로 화답했다.

그러자 홍삼이 인상을 팍 쓰며 로진백을 바닥으로 던지는 모습을 보였다.

'역시 유리멘탈이구나. 아마 조금 전 상황 때문에 공을 던지는 게 조금 무섭겠지.'

상황은 민우의 예상대로 흘러갔다.

홍삼은 결국 다음 타자인 2번 타자 박윤택과의 대결에서 제구가 흔들리는 모습을 보였고, 순식간에 2볼 1스트라이크가 되어 볼카운트가 몰리기 시작했다.

"허허. 민우 저 녀석, 홍삼이한테 깔끔하게 한 방 먹였습니다."

더그아웃에서 그 모습을 지켜보던 기태가 코치진을 향해 입을 열었다.

"저 홍삼이라는 녀석, 포크볼이 일품인 녀석인데… 1군에서 뛴 짬이 있어서인지 자존심 때문에 패스트볼로 승부를 건 것 같은데요. 민우 녀석, 운이 좋았습니다."

먼저 대답을 한 이는 투수 코치인 최명석이었다.

명석은 홍삼처럼 쓸데없는 자존심으로 객기를 부리는 투수들을 종종 봤다. 그렇기에 지금의 상황에 대해 민우의 운이 좋아 안타를 때려낸 것이라고 생각하고 이야기를 한 것이었다.

그러자 옆에서 이야기를 듣던 찬엽이 고개를 저으며 단호한 목소리로 입을 열었다.

"아뇨. 제가 볼 때는 이번 안타는 민우가 제대로 타이밍을 잡고 때려낸 결과라고 봅니다. 타격 폼도 깨끗했고, 스윙에도 흠잡을 만한 점이 없었습니다. 지난번에도 느꼈지만 패스트볼을 때려내는 능력은 2군에서는 탑 클래스라고 봐도 무방합니다."

그런 찬엽의 말에 기태 역시 고개를 끄덕였다.

"저도 타격 코치님과 같은 의견입니다. 민우 저 녀석, 패스트볼만 상대한다면 4할을 때려낼 녀석이지요. 뭐, 그런 야구 경기는 이 세상에 존재하지 않지만 말입니다."

기태와 찬엽이 같은 의견을 내보이자 명석은 더 이상 말을 꺼내지 않았고 대화는 거기서 끝이 났다.

홍삼이 흔들리는 모습을 보이자 의주는 주심에게 잠시 타임을 요청하고 마운드 위로 향했다.

"홍삼아, 괜찮냐?"

"후우. 예, 선배님. 잠깐 제구가 안 된 거뿐입니다. 괜찮으니까 걱정하지 마십쇼."

의주의 물음에 홍삼은 살짝 인상을 쓰며 대답했다.

"알겠다."

'어리다, 어려.'

홍삼의 표정을 살피던 의주는 이내 고개를 절레절레 흔들며 마운드를 내려갔다.

홍삼은 그런 의주의 모습은 신경도 쓰지 않고 쓴웃음을 삼켰다.

'내가 겨우 그런 일 때문에 쫄았다는 건가? 젠장.'

그런 생각을 하자 홍삼은 괜스레 짜증이 나며 자신도 모르게 어깨에 더욱 힘이 들어갔다.

반면, 민우는 그런 배터리의 모습을 주시하며 1루에서 호시탐탐 2루를 훔칠 기회를 노리고 있었다.

'제구가 흔들리고 있다. 포수가 올라가서 진정이 됐을지도 모르겠지만… 지금 모습으로는 전혀 아닌 것 같은데… 2루로 뛰어볼 만하겠어.'

그런 민우의 몸짓을 주시하고 있던 1루 코치가 민우 쪽으로 넌지시 다가와 귓속말을 했다.

"투수 제구 흔들리는 거 보이지? 쟤 지금 너한테 신경 쓸 겨를이 없다. 아마 뛸 거라고 생각도 못 할 거야. 뛰고 싶으면 지금이다. 이번에 상황 봐서 리드 폭 조금 더 넓히고 한번 뛰어봐."

말을 끝내며 민우의 등을 툭툭 친 1루 코치가 다시금 1루 베이스에서 멀리 떨어졌다.

1루 코치의 말에 힘을 얻은 민우는 홍삼의 눈치를 보며 리드 폭을 아주 조금씩 벌리기 시작했다.

그리고 홍삼이 다음 공을 던지기 위해 세트 포지션을 취하는 순간.

타타탓!

민우가 빠르게 스타트를 끊으며 2루를 향해 뛰어나가기 시작했다.

―아! 주자 뜁니다!

'저 새끼가!'

홍삼은 안타를 맞은 것도 모자라 도루 시도까지 당하자 속에서 열불이 터졌다.

그리고 순간적인 흔들림은 제구에 전혀 도움이 되지 않았다.

슈욱!

"볼!"

의주는 민우가 뛰는 모습을 보자마자 공을 잡기도 전에 자세를 살짝 틀었다.

그리고 낮은 궤적으로 날아온 공은 거의 바운드될 뻔한 위치에서 의주의 글러브로 빨려 들어갔다.

의주는 포구를 하자마자 잽싸게 공을 꺼내 2루를 향해 힘차게 뿌렸다.

—공 2루로 갑니다! 2루 베이스!

슈욱!
의주가 뿌린 공은 순식간에 마운드를 넘어 2루 커버에 들어간 유격수의 글러브로 빨려 들어갔다.
촤아악!
하지만 그보다 빠르게 몸을 날린 민우의 손이 2루 베이스를 터치하고 있었다.
세이프!
2루심의 판정은 세이프였다. 그것도 여유 있는 세이프.

—2루 베이스 위에서! 세이프. 세이프입니다! 양의주 선수가 도루를 저지하지 못했습니다.
—이야. 강민우 선수 정말 빠르네요~ 스타트가 아주 좋았습니다.

의주는 아쉬운 듯 입맛을 다시며 포수 마스크를 매만지며 돌아섰고, 민우는 타임을 요청하며 옷매무새를 매만졌다.

더그아웃에서 그 모습을 지켜보던 길기태 감독은 눈을 빛내며 민우를 쳐다보고 있었다.

그런 기태의 옆에서 나란히 민우를 바라보고 있던 나찬엽 타격 코치가 기태에게 말을 건넸다.

"저 녀석, 안타에 바로 도루까지 성공시켰군요. 테스트 때도 그랬지만 발이 꽤나 빨라요."

찬엽의 말에 기태도 동의의 뜻을 내비치며 대답했다.

"확실히 뜀박질 하나는 물건입니다, 물건. 저 정도면 퓨처스리그에서 상대가 없다고 봐도 무방할 수준이라는 생각이 듭니다. 뭐, 조금 더 지켜봐야겠지만 저런 모습을 꾸준히 보여준다면 투수에게 꽤나 부담이 되는 선수가 될 것 같습니다."

"문제는 출루인데… 변화구에 대한 대처 능력을 얼마나 빨리 습득하느냐가 중요하겠네요."

찬엽의 말에 기태가 고개를 끄덕였다.

"야구에 대한 열의는 FA계약을 앞둔 선수보다 크게 느껴질 정도이니, 잘 가르쳐만 준다면 크게 성장하리라 생각됩니다."

"틈날 때마다 제가 직접 지도하겠습니다."

"네, 고생 좀 해주세요."

따악!

기태와 찬엽의 대화가 오고가는 동안 윤택이 우익선상으로 흐르는 깨끗한 2루타를 때려냈다.

그사이 2루에 있던 민우가 홈을 밟았고, 스코어는 LC트윈스가 7 대 3으로 한 점 더 앞서 나가기 시작했다.

더그아웃으로 들어선 민우는 수건으로 땀을 훔쳤다.

'됐다! 출발이 아주 좋아!'

민우가 주먹을 꽉 쥐며 다른 선수들과 마찬가지로 그라운드로 시선을 돌렸다.

이후 3번 타자인 병구를 내야 땅볼로 잡아내며 한숨을 돌리던 홍삼은 4번 타자인 병호에게 투런 홈런을 한 방 얻어맞고 말았다.

홍삼은 결국 아웃 카운트 3개를 다 채우지 못하고 강판되고 말았다.

스코어는 순식간에 9 대 3으로 점수 차가 더 벌어졌다.

그러나 이후 등판한 베어스 투수 장재훈이 5번 타자를 깔끔하게 잡아내며 마무리를 지었고, 대산 베어스는 더 이상의 실점 없이 이닝을 마무리할 수 있었다.

그렇게 공수가 교대되어 민우는 중견수 수비 위치로 들어섰다.

LC트윈스도 중근이 마운드를 내려가고 우완 사이드암 투수인 심정락이 마운드에 올랐다.

베어스의 선두 타자는 1번 타자인 장수빈이었다.

장수빈은 정락의 좌에서 우로 휘어들어가는 패스트볼과 바깥쪽에서 홈 플레이트로 휘어져 들어오는 커브에 속수무책으로 당했다.

볼카운트는 순식간에 노 볼 2스트라이크로 수빈은 불리한 카운트에 몰렸다.

'와… 심정락, 저 선수 공 하나하나가 거의 마구 수준이야. 우타자라면 변화구를 공략하기에 꽤나 애를 먹겠어.'

딱!

민우가 정락의 공에 감탄하는 사이 수빈이 때려낸 타구는 우익수 플라이로 손쉽게 잡혔고 아웃 카트가 하나 올라갔다.

다음 타자는 우타자인 고웅민이었는데 민우의 예상대로 몸쪽에서 휘어져 들어가는 변화구에 속수무책으로 배트를 휘두르며 삼진으로 물러나고 말았다.

'휘는 궤적이 정말 엄청나다. 나라면 칠 수 있을까?'

민우는 자신이 타석에 들어섰을 때, 과연 저 마구를 칠 수 있을까 하는 의문이 들었고, 언젠가 꼭 한 번 상대를 해보고 싶다는 생각을 했다.

베어스의 8회 초 공격, 2아웃 주자 없는 상황에서 3번 타자인 김수현이 타석에 들어섰다.

수현은 지난 시즌 퓨처스리그에서 삼 할 오 푼의 타율을 기록한 정교한 타격을 하는 선수였다.

그리고 포수인 태곤과 투수인 정락은 그 사실을 아주 잘 알고 있었다.

'이번 볼 배합은 나에게 맡겨라.'

정락은 태곤에게 자신에게 볼 배합을 맡기라는 사인을 보냈고, 태곤은 이의 없이 고개를 끄덕였다.

흔한 경우는 아니지만 포수가 신인 선수이고 투수가 베테랑일 경우에는 종종 투수가 직접 구종과 코스를 결정하고 포수에게 사인을 보내는 경우가 있는데 지금이 바로 그와 비슷한 경우였다.

투수가 포수에게 사인을 보내게 되면 타석에 있는 타자가 그 사인을 볼 수 있기에 가짜 사인과 진짜 사인을 섞어서 보내 상대 타자가 사인을 알아 볼 수 없게 만들었다.

'어설픈 공을 던지면 통타당한다. 초구는 몸 쪽 낮은 코스. 빠른 공으로 간다.'

정락과 태곤이 사인 교환을 마치고 정락이 와인드업 자세를 취했다.

'훅' 하는 소리와 함께 정락이 낮은 쪽 스트라이크존을 향해 포심 패스트볼을 뿌렸다.

슈욱!

따악!

'이런!'

정락이 뿌린 공은 그의 의도와는 다르게 낮은 쪽 스트라이크존에서 살짝 위로 들어갔고, 수현은 초구부터 과감히 배트를 휘둘러 공을 때려냈다.

타구는 외야 쪽 하늘을 향해 쭉쭉 뻗어나갔고 순식간에 민우의 수비 범위 안에 들어섰다.

그와 동시에 민우가 펜스를 향해 달려가기 시작했다.

타타탓!

민우가 빠르게 스타트를 한 덕분에 시야에 표시되는 화살표는 어느샌가 초록색으로 바뀌어 있었다.

그리고 타구보다 한발 앞서 워닝 트랙에 도착한 민우가 글러브를 뻗어 여유 있게 수현의 타구를 잡아냈다.

타구를 바라보며 빠르게 베이스를 돌고 있던 수현은 자신이 친 타구가 민우의 글러브로 쏙 하며 빨려 들어가자 걸음을 멈추고는 아쉬움의 한숨을 내뱉었다.

"하아."

반면, 정락은 그 모습에 글러브를 손바닥으로 툭 치며 기쁨을 표현했다.

"나이스 플레이!"

이후 남은 이닝은 양 팀 보두 연속 범타로 별 소득 없이 이닝을 마무리 지었고, LC트윈스는 개막전을 기분 좋게 깔끔한 승리로 장식할 수 있었다.

민우 개인적으로는 1타수 1안타 1득점 1도루, 타율 1.0이라는 작지만 만족스러운 기록을 남긴 날이었다.

기태는 그런 민우의 기록을 눈여겨보며 2차전 라인업에 대해 고민하기 시작했다.

『메이저리거』 2권에 계속…

며운 장편 소설

FUSION FANTASTIC STORY

전공 삼국지

2세기 말 중국 대륙.
역사상 가장 치열했던 쟁패(爭覇)의
시기가 열린다!

중국 고대문학을 공부하던 전도형,
술 마시고 일어나니 도겸의 둘째 아들이 되었다?

조조는 아비의 원수를 갚으러 쳐들어오고
유비는 서주를 빼앗으려 기회만 노리는데…….

"역시 옛사람들은 순수하다니까.
유비가 어설픈 연기로도 성공한 데는 다 이유가 있지, 암."

때로는 군자처럼, 때로는 효웅처럼!
도형이 보여주는 난세를 살아가는 법!

Book Publishing CHUNGEORAM

유행이 아닌 자유추구 ─
WWW. chungeoram.com

FUSION FANTASTIC STORY

비츄 장편소설

올 스탯 슬레이어

강해지고 싶은 자, 스탯을 올려라!

『올 스탯 슬레이어』

갑작스런 몬스터의 출현으로 급변한 세계.

그리고 등장한 슬레이어.

[유현석 님은 슬레이어로 선택되었습니다.]

"미친… 내가 아직도 꿈을 꾸나?"

권태로움에 빠져 있던 그가…

"뭐냐 너?"

"글쎄. 나도 예상은 못했는데, 한 방에 죽네."

슬레이어로 각성하다!

Book Publishing CHUNGEORAM

유행이 아닌 자유추구 ~
WWW.chungeoram.com